Un fils sans mémoire

Bonne lecture,
bien amicalement,
Valentin SPITZ

DU MÊME AUTEUR

Najat Vallaud-Belkacem. Une gazelle au pays des éléphants, *avec Véronique Bernheim, biographie, First, 2012*

Montebourg. Moi, président…, *biographie, L'Archipel, 2014*

Et pour toujours ce sera l'été, *roman, JC Lattès, 2016*

Juliette de Saint-Tropez, *roman, Stock, 2018*

Éloge de l'imperfection parentale, *avec Christian Spitz, essai, Flammarion, 2019*

Comment ne pas aller voir un psy avec son enfant, *essai, Le Cherche Midi, 2020*

Valentin Spitz

Un fils sans mémoire

Stock

Illustration de bande d'après photo : © Hokus Pokus Créations

ISBN 978-2-234-09060-6

À S. et à notre fille L.-A.,
à notre nouveau royaume

J'écris parce que nous avons vécu ensemble, parce que j'ai été parmi eux, ombre au milieu de leurs ombres, corps près de leur corps ; j'écris parce qu'ils ont laissé en moi leur marque indélébile et que la trace en est l'écriture : l'écriture est le souvenir de leur mort et l'affirmation de ma vie.

W ou le Souvenir d'enfance, Georges Perec

Le père inapprochable – qui semble fuir le tête-à-tête avec son fils – exprime rarement son amour verbalement, parce qu'il est l'héritier d'un modèle masculin qui récuse l'expression des sentiments de tendresse. Ce « père blessé », incapable de montrer ses émotions, blesse à son tour son fils, qui manque d'un modèle d'accès à l'affectif […]. Le profond besoin du fils d'être reconnu et confirmé par son père se heurte à la loi du silence. Sa masculinité qui nécessite un constant renforcement est laissée inachevée pour cause de fuite paternelle.

XY. De l'identité masculine, Élisabeth Badinter

Prologue

Un livre a besoin d'un titre, comme un enfant a besoin d'un prénom. Après la naissance du petit, l'identité est inscrite sur un bracelet en plastique accroché au poignet du nouveau-né. Cela sert à le reconnaître, à ne pas le confondre avec un autre, à savoir qui il est. L'enfant vient de pousser son premier cri ; comment ne pourrait-il pas être nommé, porté, aimé ?

Avec l'amour, c'est le prénom puis le nom qui nous donnent la force de vivre car nous sommes reconnus comme sujets. Nous existons.

Il y a la première photo aussi, celle qui illustre le faire-part annonçant l'entrée dans la vie du petit être qui, pour l'instant, n'a que le cri pour dire ce qu'il ressent. Et puis vient la photo avec maman et papa. La mémoire s'inscrit, se construit. L'enfant grandit avec ces images. Il s'y reconnaît.

Au-delà du titre, il fallait aussi chercher des souvenirs photographiques pour la couverture. J'ai fouillé dans mes cartons et j'ai retrouvé quelques clichés de moi enfant. L'un d'eux me bouleverse davantage que les autres. J'y apparais presque blond, je ne dois pas avoir plus de deux ans. Je souris en regardant l'objectif, dont j'imagine qu'il est tenu par maman. Nous sommes dans un parc; derrière, la frissonnante verdure, de grands arbres ombrageux. Je porte un petit manteau noir à capuche, une sorte de duffle-coat. Au premier plan, l'herbe grasse du printemps et ces arbustes tout juste plantés de l'allée du parc de Versailles descendant jusqu'à la vue panoramique sur le château. Combien de fois avons-nous arpenté tous les trois cette allée, devant le canal, aux beaux jours ?

L'enfant sourit, avec cette bonté, cette insouciance, regard de velours de l'innocent; il semble à son aise sur les épaules du jeune homme. Le jeune homme, je le reconnais, c'est mon frère, mon grand frère. Il porte un sweat bleu à manches blanches, ces grands sweats américains trop larges des années 80 qui reviennent à la mode ces temps-ci. Ce jeune homme-là n'est pas le frère dont je me souviens car il n'a pas de lunettes et que je l'ai toujours connu avec des lunettes. Sa chevelure est généreuse, une longue mèche châtain lui balaie le front. Pommettes saillantes, joues creuses, nez aquilin. Il faisait tomber les filles, dit-on. Cette image est étrange, elle me paraît lointaine ; j'ai l'impression que ce sont des personnages.

Chez ma mère, il y a bien d'autres photos de nous ; nous deux, nous trois, avec elle, à peu près à tous les âges. Il y a ensuite les photos de mes nièces, les enfants de mon grand frère et de ma belle-sœur. Et je me dis que ces photos forment le fil de notre mémoire.

Avec mon père, à l'inverse, nous sommes une famille sans images. Pas de photos au parc devant le toboggan, pas de photos de vacances. Aucune photo de gâteau ou d'anniversaire ensemble. Jamais.

Et après ? Je peux les compter sur les doigts de la main. Une à onze ou douze ans, une autre un peu avant ou un peu après mais elle est floue. Notre histoire photographique est ainsi, trouée. Notre biographie ressemble à une série dont des épisodes auraient disparu ou, pour être plus exact, une série dont certains épisodes n'auraient pas été tournés. Le spectateur perdu chercherait à comprendre ce qui a bien pu se passer avant, pourquoi ces scènes manquent... Sans qu'on sache s'il trouvera. Le spectateur, c'est moi.

Sur la photo du parc, je suis trop petit pour avoir accès au récit, à la mise en récit je veux dire, à cette mémoire-là qui arriverait plus tard quand je me mettrais à écrire (en général on dit que les enfants accèdent à cette capacité vers sept ans). Mais elle active chez moi une autre mémoire, une mémoire du corps. Les câlins de mon frère, les mains, les bras, les sourires… Je ne pourrais pas les raconter mais je m'en souviens.

Récemment mon frère m'a parlé de ce moment, peu après ma naissance. Lorsque les vacances scolaires de printemps ont débuté, maman devait retourner travailler. La nounou n'étant pas disponible, elle lui avait demandé de s'occuper de moi. Une semaine durant, mon frère, du haut de ses quatorze ou quinze ans, avait pris soin de moi. Avec sa bande de copains adolescents, il avait appris à changer une couche, à se faire pisser dessus ; il avait vécu le miracle des premiers bains (le corps qui glisse, la peur de casser le petit), l'eau qui coule doucement et pas trop chaude ; le petit qui rit très fort et qui ferme les yeux ; ces instants qui s'ancrent dans la mémoire et dont on se dit qu'ils sont merveilleux ou fous. Ses copains étaient un peu dégoûtés par l'odeur de mes excréments, mais lui jamais. Faire chauffer les biberons. Les nettoyer.

À la naissance de sa première fille, il était le seul à la clinique à ne pas avoir eu besoin d'un temps d'adaptation ; il connaissait déjà le mode d'emploi. Et il a appris aux autres parents à changer les couches.

Aujourd'hui je trouve qu'il n'y a rien de plus viril qu'un papa qui change des couches.

Cette mémoire du corps, cette mémoire indicible, les photos la racontent plus tard. C'est-à-dire que, quand je me vois sur les épaules de mon frère, les sensations me reviennent et quelque part je sais, sans pouvoir mettre de mots dessus. Je sais qu'il était là et je sais que c'est une richesse qui ne se rattrape jamais, quoi qu'on fasse, quand on ne l'a pas eue.

Il était là. Maman et lui étaient là.

Mais je sais aussi que mon frère n'était pas mon père.

Rien ne me raconte l'enfance avec celui-là. On ne peut pas inventer les photos qui n'existent pas dans les albums de famille, les places vides et blanches. Non, il n'y a rien pour ça, hélas même pas les mots. Je pourrais inventer ces images dans un roman mais rien qu'à y penser cela sonne creux, faux, comme un théâtre de pacotille, avec trop de couleurs et de bruit et de mauvais acteurs. Je sais bien, non je sens, que c'est à jamais perdu, car on ne peut pas créer à partir de rien. Et peut-être que si je peux trouver la force de raconter cela c'est grâce à eux, à ceux qui étaient là, à ceux qui m'ont torché, nourri, pris dans leurs bras ; à ceux qui m'ont parlé, à ceux qui m'ont évité le silence et l'absence. À ceux qui m'ont aimé.

À nouveau, mon regard vient se perdre dans la photo du parc avec mon frère, et je réalise que cette photo existe chez ma mère en grand. Je n'y avais jamais fait attention jusqu'à aujourd'hui ; était-ce parce qu'elle fait intimement partie de moi et qu'elle s'est fixée comme une pierre, de celles qui vous tiennent, de celles qui construisent et permettent d'explorer le monde ?

Lorsque je vois une des deux photos avec mon père, je ressens une gêne, un malaise ; comme si je n'y avais pas ma place. Sur la photo du parc, au contraire, je suis bien campé sur les épaules de mon frère, mes deux mains sont accrochées aux siennes et il me tient. Cette mémoire du corps ne me trompe pas, il y a quelque chose en moi, tout au fond de moi qui, en redécouvrant cette photo, se souvient qu'il a été tenu. Je n'ai pas peur de tomber, je le sens.

Mon frère, lui, sourit, mais c'est un demi-sourire, que je ne sais pas bien décrire. Ce n'est pas un sourire crispé mais c'est un sourire responsable, empreint d'une certaine lourdeur ; il y a un poids dans ce sourire d'ado de quatorze ou quinze ans, au visage encore lisse, et je perçois cette pesanteur sur ses épaules, de ce qu'il n'avait pas choisi de vivre mais qu'il a quelque part assumé, malgré lui, de ce sale petit frère que sa mère allait un temps préférer à lui.

Il m'est arrivé de faire ce lapsus lors de mes années de psychanalyse ; de dire « mon père » au lieu de « mon frère », et cela me mettait dans une grande colère car c'était malgré moi, c'était *incontrôlable*, c'était comme si le corps parlait pour moi et j'en avais honte.

Cela m'évoque une autre honte, une honte jumelle mais peut-être plus profonde encore, plus intime, celle de n'avoir jamais réussi en sa présence à nommer mon père. Je n'ai jamais pu l'appeler « papa ». C'est un impossible pour moi, comme de recréer les vides photographiques de notre récit familial ; devoir vivre, toujours, face à ce trou béant.

L'histoire aurait dû s'écrire ainsi, ce serait mon éternité, mon destin : un fils sans mémoire, errant au fil de ses angoisses. Père manquant, fils manqué. C'était sans compter les mots, l'écriture, le langage, bois des humains qui construit et rassemble les êtres séparés, permet parfois l'amour. Ce livre raconte cette histoire. Comment un fils est parvenu à aimer son père.

En 1909, Freud publiait *Le Roman familial des névrosés*. Dans ce court texte, il explique que le roman familial consiste pour l'enfant à s'inventer une autre famille que la sienne et à s'imaginer fils de prince, de roi, de riche quand il est d'une famille modeste, par exemple. Il se figure ainsi que son père n'est pas « le vrai » et projette sur d'autres (des personnes réelles ou imaginaires) son père fantasmatique, dépouillant le sien de ses apanages paternels. D'après Freud, c'est une part normale du développement de l'enfant. En ce qui me concerne, l'invention d'un roman familial était sans doute une question de survie psychique.

Je pense à une scène à « la radio » (ainsi que mon père l'a toujours nommée), là où le Doc a animé son émission dans les années 90. Je suis juché sur sa grosse moto noire, une Harley qui me rend assez fier; nous sommes près de la place de l'Étoile, du côté de Neuilly. Le boulevard devant la radio grouille de voitures, de pots d'échappement, de bruit. Les terrasses des cafés sont pleines, les bocks de bière s'entrechoquent. Le jour est encore là. C'est l'été.

Nous pénétrons lui et moi dans la radio et dépassons l'accueil. L'horloge rouge affiche 20 h 50. Le Doc me tient par l'épaule, me présente à tout le monde. J'ai cette impression d'être à la cour du roi et que tous nous observent.

Une odeur de cigarette (le Doc en a une au bec), des jeunes qui travaillent les pieds sur la table, en short, mangeant des pizzas ; des rires. Le Doc raconte quelques blagues, m'ébouriffe les cheveux, gobe un bout de pizza en passant ; les gens disent que je lui ressemble, je suis son fils « tout craché ». Mais on me confond aussi avec mes frères.

Soudain un jeune homme aux cheveux longs et bruns débarque, l'air paniqué. Il dit que la porte a claqué, la porte de la petite pièce, celle où se trouve la clé du studio ; l'antenne est dans dix minutes. « Comment on va faire, comment on va faire ? » répète-t-il.

Le Doc reste calme : « On va trouver une solution, David. »

Branle-bas de combat. On imagine défoncer la porte au pied-de-biche, mais on n'a pas de pied-de-biche. On pousse, on tape, mais c'est du solide cette porte et elle est bien isolée car cette salle est aussi un studio d'enregistrement. Et puis l'illumination : l'un des jeunes de la bande remarque cet interstice de l'autre côté et se souvient qu'il y a un petit espace entre le mur et l'intérieur de la pièce, et que peut-être quelqu'un de petite taille, un nain ou un enfant, pourrait s'y faufiler. Je me propose immédiatement, étant de loin le plus petit présent ce soir-là.

La peur au ventre, encouragé par tous (à commencer par le Doc), je pénètre dans l'interstice, je me contorsionne, je gigote tel un petit rat et je finis par passer. Me voilà dans la pièce ; je sens que j'ai entre les mains le pouvoir de les sauver. Sous les hurlements et les vivats, j'ouvre la porte, tends la clé au Doc qui m'embrasse et me serre contre lui.

21 heures, on court vers le studio, l'émission peut commencer. Plus tard, le Doc me le dira : « Tu as sauvé mon émission. »

Aujourd'hui, je suis incapable de dire si cette scène s'est réellement déroulée. À part moi, personne ne s'en souvient. J'étais forcément très petit (car autrement comment aurais-je pu me faufiler dans un trou si minuscule ?) mais elle ne correspond à aucune période connue de moi. Mon père ne se rappelle même pas m'avoir emmené si jeune à la radio. C'est un bon souvenir pourtant ; je m'y sens bien, je m'y sens rempli, aimé, et ce Doc me plaît. Qu'est-ce donc alors que cette scène exhumée, oubliée, d'où vient-elle ? Je me demande si je l'ai inventée, et si le Doc n'était pas pour moi, dès le début, un personnage de roman. Et si ce n'est pas lui, le Doc, qui m'a volé mon père ou m'a empêché d'en avoir un. Ou si je n'ai pas passé mon enfance puis ma vie à écrire ce roman familial.

2017

Toute ma vie, je me suis fait une certaine idée de mes parents. Ils s'étaient aimés et avaient désiré faire un enfant ensemble. Moi.

Un jour, j'ai décidé de me marier. Mon père ne m'a pas félicité, ni pris dans ses bras, mais il m'a invité à déjeuner dans un restaurant thaïlandais, entre deux rendez-vous. Il avait son air taciturne, renfrogné. Au moment où les nems sont arrivés, il m'a dit :

– Il va falloir faire quelque chose pour cette histoire de nom.

Il m'a dit avoir trouvé un lien sur internet qui permettait d'en changer en quelques clics.

Puis nous avons parlé d'autre chose : de politique, d'actualité.

Bien sûr, en rentrant chez moi, j'ai découvert que la page internet dénichée par mon père ne fonctionnait pas. Il n'avait sans doute même pas cliqué sur le lien. Changer de nom dans notre pays était plus difficile que braquer une banque. Je l'ai appelé pour le lui dire mais c'est son répondeur qui m'a accueilli ; sa voix grave et rauque, celle du Doc qui avait pris celle de mon père, a résonné ; comme un écho à tant d'années d'absence.

Je n'ai jamais pensé ou même imaginé être capable de devenir père un jour. Pourtant, un matin, dans l'air chaudement fétide de Paris au mois d'août, la femme que j'aime m'a dit: «Je suis enceinte.»

Peu avant, au début du printemps, je voyais mon éditrice à une terrasse de café. Assez fier de moi, je lui avais envoyé mon dernier manuscrit que j'avais intitulé *Des hommes qui fuient*. Quatre cents pages. J'y avais passé six mois, tous les matins. Jamais je ne m'étais senti si confiant sur un texte.

Lorsqu'elle m'a embrassé, je savais pourtant à son regard que j'étais passé «à côté».

– Tu me fais penser à un petit garçon qui se cache sous des dizaines de couvertures et qui finit par s'étouffer lui-même, a-t-elle asséné.

J'avais mis tant d'énergie à écrire ce texte sur la paternité, la transmission, j'y avais tant cru, et elle venait briser mon livre sur un coin de table de café.

Mon visage s'est empourpré, mes yeux se sont mis à briller comme ceux d'un chat sauvage. Deux fois, j'ai fait tomber un panier à couverts posé à ma droite.

J'ai pensé partir, lui dire que c'était fini. Que ses mots étaient une trahison.

Pourtant, tout au fond de moi, déjà, je savais qu'elle avait raison et je crois que c'est cela qui me mettait le plus en colère.

Elle m'avait percé à jour; le petit garçon que j'avais enfermé tout au fond de la cave, bâillonné depuis vingt-cinq ans, à qui j'avais bandé les yeux, ce petit garçon-là, blessé, elle le connaissait, elle le sentait en moi. Depuis notre première rencontre, depuis la première seconde où nos regards s'étaient croisés au café Bonaparte.

– Raconte cette histoire, sans fioritures, sans mentir, pour une fois, a-t-elle conclu. Pose cette première pierre, pose-la enfin. Sinon cela ne cessera de te poursuivre. L'écriture ne triche pas.

J'avais voulu étudier la place du père dans une famille en racontant la fuite des hommes. Mais j'avais oublié une donnée du problème: ma propre fuite. J'étais face à mon déni, mon symptôme éternel: l'impossibilité de raconter l'abandon et surtout l'absence. Ou plutôt ma propre absence face à ce que je ne voulais pas dire, pas montrer.

D'aussi loin que je me souvienne, j'ai toujours voulu être écrivain ; ou bibliothécaire, ou libraire, pour pouvoir lire toute la journée.

Le samedi j'attendais que maman parte travailler. Je connaissais tous ses rituels. L'heure à laquelle elle se levait, 7 heures. Le bruit de ses pas feutrés, du salon où elle dormait vers la salle de bains bleu ciel – dont la fenêtre donnait sur une petite cour pavée –, en face de ma chambre et à gauche de celle de mon frère. Elle fermait la porte, allumait la radio. À moitié endormi, j'écoutais les informations en même temps qu'elle et j'étais rassuré. Après vingt minutes de douche commençait le maquillage qui pouvait durer entre quarante-cinq minutes et une heure. J'entendais le bruit de son vaporisateur de Shalimar, dont elle s'aspergeait. Puis elle se lavait les dents, se coiffait, s'habillait. Et vers 8 h 30 ou 9 heures, ayant achevé sa toilette, elle passait une tête dans ma chambre.

Enfant, je ne dormais jamais la porte complètement fermée ni sans une veilleuse. Elle me proposait de venir prendre le petit déjeuner.

Je m'asseyais à la table à manger du salon, et elle arrivait avec la desserte roulante chargée de thé, de jus, de croissants, de tartines de confiture, et c'était un mystère pour moi de savoir où elle trouvait le temps de préparer tout cela.

Elle ne se dévoilait jamais sans maquillage, sans parfum, ni sans ses cheveux roux parfaitement coiffés, peignés, arrangés. Ni sans ce trait noir au-dessus de ses yeux qui brillaient d'un éclat irréel.

Maman claquait la porte et je savais qu'entre 9 h 30 et 10 h 30, quoi qu'il arrive, j'allais être totalement seul. Mon frère dormait ou était ailleurs, ma mère serait à son atelier.

Dès son départ, je me faufilais vers la bibliothèque dans le salon. Maman lisait beaucoup, et je pouvais passer la journée entière à fureter, touchant, frôlant, soupesant, caressant chaque couverture, chaque titre, chaque mot. On y trouvait de tout : des romans du XIXe siècle, du Saint-Exupéry, du Gary, mais aussi à peu près tous les romans de Françoise Sagan. J'aimais ouvrir les livres à une page indéfinie, fermer mes yeux et plonger mon nez dans l'odeur vieillie, lire quelques mots puis ouvrir à une autre page. À haute voix, à voix basse ; parfois je recopiais dans mon petit carnet des phrases. J'avais le sentiment de pénétrer dans un monde infini, de découvrir des manières de vivre, des possibilités d'être libre. Je découvrais de nouveaux auteurs (le nom de Michel Déon me revient, pourquoi lui ?) et je n'avais souvent que leurs romans à lire. Je ne savais rien d'eux, Wikipédia n'existait pas. J'imaginais.

Lorsque ma mère rentrait, je retournais à mes lectures d'enfant : *Club des cinq*, *Comtesse de Ségur*, *Astérix*. Je gardais pour moi mes secrets, ce que je faisais en son absence, mes explorations ; mes jolis rêves qui me laissaient sur les lèvres le goût du bonheur.

1994

J'ai commencé à écrire la première fois que j'ai attendu mon père. C'était un samedi de novembre. J'étais assis sur mon lit, mon gosier était desséché. Mon stylo tremblait, ma main était glacée. J'écrivais à ma cousine pour lui raconter mon attente. Depuis que je savais que j'allais le voir, nous imaginions ensemble comment il pouvait être « en vrai ». Maman me racontait certes des choses sur lui ; assez belles, assez douces. Mon père parlait beaucoup, « à leur époque » ; il souriait, il était drôle.

Quand il est arrivé, j'avais noirci dix pages. J'ai demandé à maman d'envoyer la lettre à ma cousine, qui vivait près de la mer. De ce jour est née une correspondance entre nous. Mes heures d'attente servaient à lui écrire, et, de mon bec d'acier, je soulageais mon angoisse.

Je conserve ces écrits dans une petite boîte en fer qui contenait à l'origine une bouteille de champagne offerte par maman pour mes dix-huit ans. Je ne me souviens pas de cette soirée d'anniversaire, je sais juste que mon père n'était pas là.

Je n'ai plus ouvert cette boîte, je n'ai jamais relu ces lettres ; je n'y parviens pas ; est-ce cela se mettre à nu, je veux dire, faire face au petit garçon ?

Je n'ai fait que tourner autour de ce sujet depuis des années. Tout n'a fait que me mener à ce livre. Ce livre est la fin et le début de tout.

À dix-sept ans, j'envoyais mon premier manuscrit, *Les Sanglots longs*. Il racontait une histoire de gamin abandonné par son père. En le relisant après l'avoir retrouvé dans un placard, « le goût de la cendre me monte aux lèvres », comme disait Paul Valéry, mais pas parce que c'est un chef-d'œuvre. Il témoigne cependant de mon obsession et de ma colère. Voici comment finissait la vie du pauvre père du roman :

Je suis retourné en Provence peu de temps après, trois semaines exactement, mais pas comme je l'aurais espéré. C'est un homme à la voix monotone qui me l'a annoncé un matin de soleil au mois de juin. Un suicide, c'est ce qu'il m'a dit. Papa s'était pendu au lustre du salon après que sa dernière conquête l'avait encore quitté. Ainsi il est mort comme il a vécu. Seul et lâche.

D'autres histoires ont suivi, dans la même veine. Puis je me suis dit que ce serait plus facile d'écrire des biographies. Deux livres sont nés, et ma fuite s'est poursuivie.

Un jour d'été dans mon village du Sud, une fulgurance m'a pris. Ce romanesque qui dormait en moi, que je noyais dans le travail, la nuit, les amours passagères, refaisait surface. En cinq semaines, j'écrivais mon premier roman ; je ne sais pas d'ailleurs si on peut parler d'*écrire*, disons plutôt qu'il m'a échappé, qu'il a surgi malgré moi et que cet été-là les nuages me semblaient chargés de foudre. Quand je le feuillette aujourd'hui, je me dis que c'est le livre d'un autre.

Le roman se terminait par une scène où le fils, au volant d'une Ferrari, écrasait son père dans la cour de leur maison de vacances. Le père était un acteur très célèbre, absent, égoïste.

Je n'ai jamais réfléchi avant de me lancer dans ces projets. J'étais une chèvre, une chèvre qui depuis des années tournait autour de son piquet.

Abandonner un roman, c'est enlever tous les post-it sur le bureau. C'est faire le deuil de ce qui ne sera jamais et auquel pourtant on a donné une partie de sa vie, des mois ou des années, un peu comme lorsqu'une histoire d'amour se termine. Je saisis cependant aujourd'hui à quel point je ne croyais pas moi-même (au fond) à la cachette romanesque que je m'étais construite.

Tous les matins, avant de me jeter dans mes trois heures d'écriture de *Des hommes qui fuient*, je sortais les dix ouvrages qui devaient m'inspirer (pour la plupart des essais sur la condition masculine ou la paternité et quelques romans) ainsi que tous les entretiens réalisés pour le livre (rabbin, prêtre, imam, philosophe, psy, auteurs, j'avais convoqué tout Paris pour m'aider à me noyer).

J'en avais pris quelques photos en vu d'illustrer mon travail, le jour où le livre paraîtrait, pour les réseaux sociaux.

Elles sont quelque part dans mon téléphone; reliques de mon deuil.

Sur les dernières images, mon canapé n'est même plus visible, enseveli sous une montagne de papiers et de bouquins. Je ne m'en rendais plus compte mais, aux derniers jours d'écriture, le rituel de tout sortir du placard pour tout poser sur le divan me prenait une demi-heure. Ce n'était qu'une fois tout mis en place, après avoir relu mes post-it et ce que j'avais écrit la veille, que je pouvais taper sur le clavier. Très vite, en faisant du bruit. Comme si quelqu'un me poursuivait.

J'aimais me déguiser quand j'étais petit. La plupart du temps en Batman. Je pouvais rester des heures devant le film de Tim Burton avec Michael Keaton, Kim Basinger et Jack Nicholson. Je me repassais les scènes sur le magnétoscope, à l'infini. Quand Kim Basinger, alias Vicki, était prise en otage par le Joker et que Batman apparaissait soudain en brisant le toit de verre, dégainant son pistolet, volant, Vicki dans ses bras, jusqu'à la sortie, démarrant en trombe puis fuyant dans l'obscurité.

Ma scène préférée était sans conteste celle où Batman disparaissait en s'envolant dans le ciel après avoir jeté une poudre aveuglante à la face de ses ennemis. C'était mon rêve le plus cher, disposer un jour des super-pouvoirs de Batman : être capable de disparaître à tout moment. M'envoler dans un nuage de fumée.

Je devrais poser le personnage du père, vous en parler un peu, vous le décrire. On fait ça au début d'un roman, en général.

Une photo, peut-être, que ma mère avait gardée. Je ne sais pas où elle est aujourd'hui ; je crois que mon père y apparaît torse nu, avec des lunettes de soleil, les cheveux bruns. Il conduit une sorte de Méhari, sur une île au paradis, de ces terres où même l'obscurité est lumineuse. Il doit avoir à peu près mon âge. Il sourit, ses lèvres sont minces, son menton volontaire. On dit parfois qu'il me ressemble et cela me rassure, m'identifie.

Car ce père pendant longtemps n'a pas eu de visage pour le petit garçon que j'étais, ou plutôt pas de visage intime, comme tout le monde ; ce sont des images de papier glacé, des lumières blanches, des joues fardées, des cheveux trop bien coiffés, des sourires pleins. Ce sont des images qui ne m'appartiennent pas, ce sont des visages qui n'existent pas dans la vraie vie, ce ne sont pas les photos qu'on pose dans un cadre au-dessus de la cheminée. Mais il faut dire que, la vraie vie ensemble, nous ne l'avons pas vécue, et que le Doc n'était pas un père.

1986-1996

J'étais heureux, à ce qu'on m'a dit, les dix premières années de ma vie. Pourtant je n'en ai que quelques souvenirs fugaces. Est-ce que le bonheur ne s'imprime pas de la même manière que la douleur ? Est-il trop banal pour que l'on s'en souvienne ? Ou bien fait-il partie de ces fils invisibles qui nous portent, sans que l'on s'en rende compte ?

Parmi ceux-là, il y eut mon grand frère, avec qui je passai ces dix ou onze premières années. Il ne me l'a jamais dit mais je sais qu'il s'est senti blessé de ne pas apparaître dans mes précédents livres. C'est étrange ce phénomène que suscite l'écriture : soit on vous en veut de trop en dire, car on se reconnaît dans vos personnages, on vous traite d'impudique, voire d'exhibitionniste ; soit on vous en veut car on n'a pas « son » personnage dans le roman, car on « n'existe pas ». Auprès de ceux qui nous aiment, on a toujours tort quand on est écrivain.

Sans doute étais-je incapable de faire de mon grand frère un personnage de fiction parce que je l'avais trop aimé, et peu importait au fond que mon père n'ait pas été le sien.

Le dimanche, nous regardions ensemble les grands prix de Formule 1. À 14 heures, un silence complet régnait dans l'appartement. Ne bruissaient que les monoplaces faisant vrombir leur moteur pendant le tour de chauffe. Puis les voitures se positionnaient sur la grille de départ, la tension était à son comble. Les feux rouges laissaient place au feu vert. Les monstres d'acier s'élançaient à toute vitesse. Pendant les deux heures que duraient les courses, nous étions en communion. Mon grand frère connaissait tous les secrets des machines et il m'en instruisait. Je sais par cœur les noms des champions du monde de Formule 1 de 1988 à 1998, date de son départ de la maison.

Le jour de la mort de Senna, le 1er mai 1994, nous pleurions ensemble. Quand Schumacher est tombé dans le coma le 29 décembre 2013, nous n'en avons pas parlé.

Un jour, il a eu sa première voiture de fonction, une Citroën Saxo bleue. Il est venu me chercher et il m'a fait faire un tour à toute vitesse. Il m'a même laissé conduire.

Plus tard, beaucoup plus tard, on lui a prêté une Ferrari à son travail. Il m'a emmené sur une route de campagne. Je venais d'obtenir mon permis, je caressais le volant de cuir. La voiture dansait sur l'asphalte. À chaque accélération, à la sortie des virages lorsque la roue mordait la terre, une poussière infernale s'élevait vers le ciel; je ressentais une joie intense, l'illusion de l'immortalité, le pouvoir divin de la vitesse.

Mon frère avait son regard posé sur moi; je n'avais pas peur.

2017

En sortant du déjeuner thaïlandais avec mon père, j'ai eu le réflexe d'appeler ma mère.

Je lui ai demandé si elle *savait*. Elle m'a certifié que mon père et moi nous trompions. C'était mon nom, et j'avais le droit de le porter. Elle avait fait tout ce qu'il fallait. Je n'avais qu'à vérifier sur mes documents officiels. Quant à elle, elle retrouverait ma carte d'identité d'enfant qu'elle avait chez elle.

– Tu verras, a-t-elle dit. Ta femme et ton enfant pourront porter le nom de ton père, sans aucun problème. Ne t'inquiète pas.

Je suis repassé chez moi avant de retourner au bureau. J'ai rassemblé mes papiers d'identité, mes diplômes… Mais c'était l'autre nom qui s'affichait. Partout. Mon nom, celui de mon père, n'apparaissait que sur certains documents dans la catégorie « nom d'usage ».

J'ai rappelé ma mère. Elle a dit : « Je m'en occupe. »

Quelques heures plus tard, elle avait dégoté une avocate spécialisée. Elle avait noté l'adresse, le téléphone. Il n'y avait qu'à la contacter pour prendre rendez-vous.

Je n'ai pas dit à mon père que c'était maman qui avait trouvé l'avocate. Une forme de honte sans doute de m'en être encore remis à elle avant lui. Ma façon de le protéger.

Le cabinet de l'avocate se situait à deux pas du Bon Marché, face au Lutetia, au coin du boulevard Raspail et de la rue de Sèvres, dans un immeuble haussmannien cossu. La porte cochère s'ouvrait sur une grande cour pavée ; un ascenseur, des tapis moelleux dans les escaliers et une immense glace dans laquelle je ne me suis pas reconnu.

Le bureau de l'avocate offrait une vue plongeante sur le boulevard. Il était décoré de dizaines de masques africains, avec des cartons à terre, autour.

– Ce n'est pas mon bureau, a-t-elle dit tout de suite. Je n'en ai pas encore.

– Alors nous sommes entre imposteurs.

Elle a souri.

La première lettre du nom de l'avocate, maître K., était la même que celle du nom de ma mère. Il y a, paraît-il, peu d'avocats spécialisés dans le domaine du changement de nom. Dès les premières secondes de ma rencontre avec maître K., je me suis demandé ce qui avait pu susciter sa vocation, quelle était son histoire. C'était une femme de moins de quarante ans, aux cheveux bruns, à la taille élancée, aux longs doigts souples et nerveusement élégants.

En lui expliquant la raison de ma venue, je me suis senti nu, comme la première fois que je suis allé voir un psychanalyste. Étais-je condamné à devoir justifier de mon existence, de ma parole ? À devoir me battre pour que l'on reconnaisse que j'ai un nom ?

Maître K. m'a énuméré les raisons qui étaient jugées « recevables » pour changer de nom. J'ai retenu qu'être né d'un viol était un « bon point ».

Je ne comprenais pas pourquoi il fallait voir quelqu'un de spécialisé alors que S. était mon nom. Pourquoi il ne suffisait pas de faire modifier mes papiers... Puisqu'en plus mon père était d'accord !

– Écoutez, a-t-elle dit d'un ton très doux, ce n'est pas la question. Bien sûr que c'est votre nom, mais... Il faut que vous compreniez que nous parlons à la loi, et que la loi est droite, intangible, qu'elle obéit à des règles très précises.

– Soyez directe.

– Eh bien, aux yeux de la loi, de l'administration, ce n'est *pas* votre nom. En gros, pour l'État, S. correspond à un nom de scène, un nom d'artiste. Comme Johnny a choisi Hallyday.

– Ce qui veut dire ?

– Ce qui veut dire qu'en l'état actuel des choses, S., pour l'État, c'est un pseudonyme.

La quête de mon nom (ce « pseudonyme ») et la possibilité de devenir père ont éveillé en moi un nombre de questions infini. Un jour, bientôt peut-être, il y aurait un nouvel être sur cette terre, que j'aurai engendré ; un petit humain qui finirait par me poser des questions.

Ou, pire encore, cet être ne m'en poserait pas car j'aurai transmis, faute de mieux et comme les autres hommes de la famille, la loi du silence. Alors cet enfant (j'imagine plutôt cet adolescent) irait lire mes livres… D'ici à ce qu'il ou elle soit en âge de le faire, il s'écoulerait des années durant lesquelles j'aurai poursuivi la publication de mes romans à clés, de mes romans « cachettes ». Et alors que lui transmettrai-je à mon tour ? Des masques ? Comme les ondes radiophoniques avaient été ceux de mon père ?

La fiction pouvait-elle véritablement habiller la vie que j'allais lui offrir ? Ou bien était-ce une histoire que je me racontais pour masquer mon impossibilité à dire, à lui dire un jour, cette histoire, son histoire ?

Quand j'ai envoyé le manuscrit *Des hommes qui fuient* à mon éditrice, je savais qu'il était trop long. Quatre cents pages.

La quête du nom y était certes esquissée, car durant toute l'écriture du roman j'avais voulu en faire une partie intégrante de l'histoire. Au dernier moment, j'avais cependant jugé que c'était de trop. Il fallait choisir. J'avais tout supprimé.

1992

Il paraît que pendant mon enfance j'ai vu mon père une fois, à six ans, dans un fast-food. Il paraît que c'était la première fois.

Apercevant un motard déboucher au coin de la rue, j'aurais dit : « C'est lui. »

Ai-je effacé de ma mémoire ce moment pour que la première image de notre histoire ne soit pas associée à une odeur de frites ?

Peu importe, l'absence était ailleurs ; nous n'en parlions pas.

L'absence était partout.

Ma mère, assise à son petit bureau, lui écrivait ma vie d'enfant. Les fêtes de l'école, les rendez-vous avec les maîtresses, les vacances, mes problèmes de dents, mes grippes et mes gastros, mes jouets, ma peluche préférée, ma nounou, mes premiers pas, le vélo avec les petites roues, le vélo tout court, mes premières brasses dans la piscine de la maison de famille...

Ma mère me forçait parfois à écrire des cartes postales à mon père l'été. Elle disait :

– C'est ton père, quoi qu'il arrive. Et un jour il sera fier de toi.

Ma mère avait cette force, cette confiance inaltérable en elle, en moi, en nous, comme son Shalimar dont l'odeur ne la quittait jamais. Cette énergie du quotidien si souvent oubliée, celle de ces femmes solitaires ; celles qui se lèvent, qui préparent les petits déjeuners, les chocolats chauds, qui font démarrer les voitures, qui déposent à l'école, qui disent « Bonne journée, mon chéri », « Ça va aller » ; celles qui partent au travail, qui sont au bout du fil quand l'école appelle pour dire « Il est malade », celles qui mouchent les nez, celles qui sont au Monoprix fin août pour acheter les fournitures scolaires, celles qui emmènent chez le médecin pour les vaccins, celles qui font les bagages pour les vacances, celles qui consolent aux premiers chagrins, celles qui sont là pour les cauchemars, celles qui aident pour les devoirs après le travail tout en préparant à manger ; celles qui grondent, qui punissent quand il le faut ; celles qui tiennent la vie de cet amour quotidien et banal, celles qui embrassent, celles qui bordent les lits ; celles qui toujours cachent leur fatigue, leurs cernes derrière le maquillage.

Celles qui décrochent leur téléphone pour contacter l'absent, ravalant leur fierté pour une pension alimentaire ou pour rappeler un anniversaire chaque année oublié.

Celles qui disent « je t'aime » aux petits garçons qui pleurent ; celles qui mettent les bougies sur les gâteaux.

Défiant la réalité et la situation qu'elle avait pourtant contribué à créer, avec son ancien amant, ma mère me répétait sans cesse qu'un jour j'aurais un père et qu'il aurait un fils. Longtemps elle a été seule à le croire mais sa croyance m'a porté. Elle me racontait inlassablement la même scène quand j'étais triste : un parc, vert, ensoleillé, un matin ; la brume d'un vent virginal et sucré.

Lui. Elle.

Elle. Lui.

Fous amoureux. Main dans la main.

Lui qui la prend dans ses bras dans un éclair de soleil orangé et lui prononce ces mots à l'oreille : « Je t'aime à la folie. Je veux te faire un enfant. »

Eux qui s'embrassent, la beauté… Une pluie soudaine, légère, des arcs-en-ciel, des oiseaux, la grande chienne qui galope dans les prés du château…

– Tu étais désiré, me répétait ma mère d'un air très sérieux. Tu n'imagines pas à quel point ton père et moi te voulions. Ne l'oublie jamais.

Est-ce vrai ? Mon père m'a affirmé un jour de dispute entre nous que ma mère lui avait fait un enfant dans le dos car elle l'avait quitté sans préavis, enceinte, un matin. Le tube de Goldman, « Elle a fait un bébé toute seule », tournait en boucle sur les ondes. Il avait dit : « C'est le père et l'enfant, ou rien. » Elle avait répondu : « Ce sera l'enfant. »

– Non, c'est moi qui l'ai quittée, pas elle, s'était repris mon père face à moi, la voix tremblante, piqué de cet orgueil meurtrier que mes parents se partagent.

Étaient-ce sa bouche brûlée par l'amertume, ses larmes contenues, sa blessure indicible qui s'exprimaient ? Une vérité peut-elle se dégager d'une telle histoire ?

Ce que je sais, moi, c'est que ma mère fut la première romancière de ma vie ; et quel poids peuvent bien avoir les « faits » (s'ils existent) face à la force d'une croyance et d'un amour, même délirant ? La réalité n'est-elle pas, aussi, ce que l'on décide d'en faire ? N'est-ce pas cela, écrire ?

2017

Vouloir « changer de nom » revient à devoir prouver sa propre existence à la République et au monde. Maître K. m'a ainsi donné la liste des démarches à effectuer. Elle déposerait une demande de changement de nom pour motif « affectif » (l'autre possibilité était une demande pour motif « légitime », mais je n'ai pas cherché à savoir la différence ; pouvait-il être illégitime de vouloir changer de nom ?).

Il me fallait rassembler tout ce qui existait sur moi sous le nom de mon père – biographie Wikipédia, articles, vidéos, comptes en banque, bail d'appartement, feuilles d'impôts, factures de téléphone –, mais aussi « démontrer » mes liens avec lui, à travers tout ce qui pouvait nous lier.

Je devais également produire une dizaine d'attestations de mon entourage affirmant me connaître sous ce nom et faisant état de nos relations ainsi que de leur antériorité.

Le premier de ces « témoins » devait bien sûr être mon père, dont la justice voulait être certaine qu'il soutenait la démarche, son refus en entraînant l'impossibilité presque automatique.

Quelques jours plus tard, mon père, visage fermé, à demi assis, épaules tombantes, voix éteinte, a griffonné quelques mots sur le coin de son bureau, sans majuscules, sans parenthèses, sans ponctuation, sans point final :

je certifie soutenir totalement à la démarche qui a été faite à mon initiative que mon fils puisse désormais porter mon nom sur l'état civil

il l'utilise habituellement vie sociale amicale et professionnelle depuis plus de 15 ans

1994

Depuis quelques mois, j'avais découvert un secret de maman : le classeur Tintin où elle rangeait tous les articles et les portraits consacrés à l'absent et à son émission de radio qui l'avait rendu célèbre. C'était une libre antenne où il répondait aux questions des jeunes sur l'amour, la sexualité, la drogue, la violence, le racisme ou la psychopathologie de l'adolescent.

Je ne savais pas précisément quand ma mère avait commencé sa collection mais je l'estimais à un an au moins étant donné les dates. Maman, même si elle refusait que j'écoute l'émission de radio vu mon âge, ne m'en cachait rien. C'était vain, l'absent était désormais partout.

Un soir de mes huit ans, ma mère allait rentrer plus tard du travail et la nounou avait dû partir, je me suis installé dans la cuisine.

J'ai commencé à tourner le bouton des fréquences de la radio en mâchonnant un ourson en chocolat. Son corps moelleux a roulé dans ma gorge. J'ai entendu cette voix très grave qui tonnait dans le transistor.

Et Victor, douze ans, parlait. Il vivait à Lyon.

Je n'ai pas compris ce qu'il disait. Je n'ai retenu que la réponse paternelle.

« C'est normal, Victor. Ce sont de nouveaux repères que tu mets en place. Ce qui est important, c'est que tu puisses le faire en toute tranquillité, quand tu es seul. Que tu fermes la porte. C'est naturel de se sentir un peu déboussolé ; cela provoque une décharge de plaisir très forte et tout à coup on se sent un peu vide, si je puis dire… Certains garçons s'endorment même… ils éprouvent alors le besoin d'être un peu seuls – je parle du moment où tu auras une partenaire –, la durée de ce temps est variable suivant les garçons. Puis les choses reviennent à la normale. Ce qu'il faut que tu retiennes, c'est que ce n'est pas sale. Au contraire, il n'y a rien de plus normal. »

Le garçon a quitté l'antenne rassuré. L'homme à la voix grave savait y faire. Même moi qui ne comprenais rien à son charabia, je me sentais mieux.

J'ai entendu la porte grincer derrière moi.

J'ai baissé les yeux, ma mère m'a fixé alors qu'un énième ourson en chocolat descendait dans ma gorge, sans que je le mâche cette fois. Un pâle sourire est venu errer sur ses lèvres fines.

– Ton père, a-t-elle dit.

J'ai ouvert la boîte à courrier de ma cousine et le petit garçon m'a sauté au visage.

Je suis resté des heures face à lui, seul avec lui, sur le canapé. À mesure que les vieux papiers glissaient entre mes doigts, mon enfance revenait; nos voix et nos rires résonnaient, dans le silence. Les avions qui m'emportaient vers ma cousine et la mer; les étés dans le sable à gambader ensemble. La tristesse de se quitter fin août, nos confidences d'enfants dans la tiédeur des journées finissantes du Sud.

Notre correspondance s'étire de notre enfance au milieu de l'adolescence, à treize ou quatorze ans. Il est difficile de le savoir, il y a rarement des dates, quelques indices cependant: l'écriture plus ou moins affirmée, les dessins, les fautes d'orthographe, la couleur du papier ou de l'encre…

Les lettres d'enfants, par leur naïveté, par leur fraîcheur, sont plus signifiantes que n'importe quel récit, que n'importe quelle réalité. Elles disent la vie, sans analyse, sans recul. Elles disent ce qui était. Elles disent ce qui n'était pas. Elles disent l'absence.

Dans aucune de ces lettres il n'est question de mon père, sauf une fois, en une ligne.

Sur aucune des enveloppes n'apparaît son nom ; il n'y a que celui de ma mère, accolé à mon prénom.

2017

Peu à peu je rassemblais toutes les « preuves » de mon existence, je veux dire tout ce qui pouvait justifier que je porte mon nom. C'était devenu une activité à temps plein tant il fallait se montrer minutieux.

– Normalement, cela dure des années, disait l'avocate. Alors imaginez si le dossier est incomplet…

Le plus marquant était les « attestations Cerfa » du ministère de la Justice, le document que mon père avait rempli en premier. J'avais besoin de cinq témoins pour prouver ma « légitimité » à porter mon nom. Mes témoins devaient raconter notre relation sur un formulaire glacé, aux lignes noires : Depuis quand me connaissaient-ils sous ce nom ? Avaient-ils des preuves ? Soutenaient-ils ma démarche ? Quels souvenirs de notre relation pouvaient-ils raconter pour démontrer que nous étions proches ? Tout cela à résumer sous le paragraphe suivant, à recopier :

Est puni d'un an d'emprisonnement et de 15 000 euros d'amende le fait d'établir une attestation ou un certificat faisant état de faits matériellement inexacts.

J'ai appelé quelques amis proches, très peu au final. Chaque fois que je composais un numéro, je finissais par me raviser. Que raconter ? Comment raconter ? « On » savait que pendant un temps je n'avais pas vu mon père, on ne savait pas grand-chose d'autre. Comment leur expliquer que je ne portais pas *vraiment* son nom ?

Mais le plus difficile ce fut avec mon petit frère et ma petite sœur, les derniers enfants de mon père.

Ils ne connaissaient pas mon histoire. Mon père ne leur en avait jamais parlé, ni moi d'ailleurs. Mon petit garçon était comme un trou noir dans la famille, dans leur mémoire.

1994

Combien de repas passons-nous en famille, enfant, puis adolescent ? Cinq mille, dix mille ? Pour la plupart, ils s'évanouissent dans les limbes de notre mémoire et de notre inconscient. Il est cependant des images que l'on n'oublie jamais. Elles sont là ; elles reviennent nous parler, nous hanter, se raconter dans notre tête. Rien ne les fait disparaître, rien ne les atténue, pas même le temps. C'est comme si on pouvait les revivre à l'infini, en boucle.

C'était un dîner au printemps 1994, un vendredi soir, dans l'appartement de ma mère, celui de la grande rue qui menait au Champ-de-Mars. Je me souviens de la lumière ce soir-là. Ma mère aimait les lampes et elle les fabriquait elle-même, le plus souvent à partir de vieux abat-jour qu'elle restaurait à l'huile de coude. Elle venait tout juste d'en installer une nouvelle ; la lampe était grande, dorée, maman avait découpé des étoiles dans l'abat-jour, qui diffusait dans le salon une lumière ensoleillée.

Pourtant, de ce soir-là, c'est une autre sensation que je garde au corps ; une noirceur, quelque chose de froid, le scintillement amer de la déception ; la caresse glacée d'une solitude.

C'était au salon le plus souvent que nous dînions, avec mon frère et notre mère. Quand nous n'étions que tous les trois, nous mangions assis en tailleur, devant la table de marbre blanc, face au téléviseur. C'était une télévision grise, imposante et lourde (les écrans plats n'existaient pas à l'époque). L'antenne ne tenait pas bien, le fil était abîmé, et l'image devenait floue quand la chatte passait derrière. Maman râlait, je me levais pour la redresser.

Nous dînions vers 20 h 15 devant le journal de PPDA, sur TF1, que maman trouvait « superbe » et « brillant » et dont elle me disait que je serais comme lui, un jour.

Assise sur son coussin, maman commentait l'actualité pour critiquer Mitterrand et dire qu'il fallait *absolument* que Chirac gagne en 1995 au motif qu'il était « beau ». Mon frère m'a expliqué l'importance de voter à droite car les gens de gauche jetaient l'argent par les fenêtres. Maman souriait en répondant que c'était faux car elle-même était de droite, ce qui ne l'empêchait pas de dépenser sans compter et d'être en permanence à découvert.

– C'est bien le problème, a rétorqué mon frère tandis que la chatte miaulait et se frottait à nos jambes sous la table, espérant obtenir un morceau de poisson.

Une grande discussion a suivi, où ma mère a parlé bien plus que nous deux réunis (mais elle disait, pour se justifier, tenir les deux rôles, la mère et le père, ce qui de fait lui ouvrait le droit à davantage de temps de parole).

Le début de « Bouillon de culture », avec Bernard Pivot, a sonné la fin du dîner. C'était le moment où, d'habitude, mon frère allait se coucher ou travailler dans sa chambre, moi et ma mère demeurant assis sur le canapé moelleux pour regarder l'émission.

Pas ce soir-là.

Car, au moment où Pivot a annoncé les invités du soir, maman a pointé un doigt vers le poste puis a poussé un hurlement. Elle a crié « Mon Dieu ! » et exécuté des gestes désordonnés. Mon frère a levé les yeux au ciel.

– Incroyable, ton père, ton père ! répétait ma mère en me caressant les cheveux.

Elle a allumé d'une main fébrile une Dunhill menthe et a poussé des petits cris qui s'accompagnaient de sifflements stridents entre ses lèvres.

Mon père était invité car il publiait un livre reprenant les centaines de lettres d'adolescents qui l'écoutaient alors dans son émission de radio. Dans cet ouvrage, il répondait à des jeunes en mal de repères.

Je ne me souviens pas d'un mot que mon père ait dit avant la dernière question ; il n'y avait que les jacassements assourdis de ma mère qui commentait tout et les silences de mon frère. Moi j'étais comme ailleurs, dans une sorte de sas ou de capsule hors du temps, attendant que cela s'achève. Était-ce ma manière de me protéger de cette situation impossible ? Comment un enfant peut-il comprendre que son père parle à des millions de gens mais pas à lui, son fils ?

Il y a eu cependant, à la toute fin de l'interview, une question de Pivot qui m'a sorti de ma capsule. « Quel père êtes-vous ? » Ma mère m'a tapé sur l'épaule.

– Il va parler de toi !

Mon père a marqué un silence, son regard a fui quelques secondes. Puis il a répondu : « Je ne suis pas un père parfait. Nul n'est prophète en son pays. »

Puis Pivot lui a demandé combien d'enfants il avait.

Ma mère me tenait la main très fort, comme si elle priait. Il y a eu un nouveau silence, plus long. Le visage de mon père est devenu blafard.

Quelques secondes, il a semblé perdre son assurance, comme si une timidité soudaine troublait son élocution, qui est devenue presque inaudible. Pivot a répété sa question. La réponse paternelle est venue, d'une voix légèrement tombante, presque ecclésiastique.

« Deux, j'ai deux enfants. »

Ma mère a lâché ma main. Elle et mon frère ont soudain détourné le regard. Il m'a semblé qu'en une seconde leurs traits s'étaient affaissés et qu'ils étaient devenus d'une même pâleur, presque phosphorescente. J'ai senti comme une déchirure au creux de mon ventre. Ma capsule s'évanouissait dans les airs, et je n'avais pas de poudre aveuglante. Je suis monté sur la table, j'ai crié.

– C'est faux, il ment ! Il a trois enfants ! Je suis là, moi, je suis là !

En pyjama sur le marbre blanc, je tapais de mes petits pieds nus. Et de ma voix flûtée, je criais encore. Je me disais qu'il pouvait entendre, derrière le poste.

Maman a fini par me faire descendre. Puis elle m'a emmené me coucher. Dans mon lit, la tristesse m'a enveloppé ; les larmes se sont amassées au bord de mes cils, ont fini par ruisseler au bord de mes joues. Je crois que c'est pour cet enfant que j'écris.

Quand je revois ces images aujourd'hui, je me dis que mon père n'a pas tant changé que cela bien que ses cheveux aient blanchi, que son visage se soit amaigri et ses rides épaissies. Ce qui me frappe, c'est ce qui m'échappait totalement étant enfant : sa culpabilité ; sa fragilité quelque part dans son regard perdu, cherchant la lumière.

Mon cousin chéri, est-ce que ça va ?

Je suis très contente à l'idée que tu viennes, au fait est-ce que tu pourras emmener ta mallette de magie ? Réponds-moi vite, je suis impatiente de te voir et de lire ta réponse.

Jane ta cousine qui t'adore

PS : Big Kiss à ta maman.

2017

Quand j'ai eu rassemblé toutes les « preuves » de mon existence sous le nom de S., j'ai appelé l'avocate.

Nous nous sommes retrouvés une semaine plus tard à son cabinet. Mon sac était lourd, car j'y transportais également mes livres.

Avant même de m'asseoir, je les ai sortis et posés un à un sur le bureau devant elle. J'avais besoin qu'elle les voie, qu'elle dise quelque chose sur ce nom qui barrait toutes les couvertures.

Mon « pseudonyme ».

– C'est un bon point, a-t-elle lancé.

– Ce sont mes pièces d'identité, ai-je répondu. Mes livres.

Maître K. est partie scanner les documents que je lui avais apportés. Je suis resté seul un instant, à ne penser à rien. J'ai eu ce sentiment d'irréalité ou que j'étais moi-même un personnage et que tout cela n'était pas « vraiment vrai » (mon expression lorsque j'étais enfant). J'ai eu envie d'écrire mais maître K. est revenue.

– Il manque beaucoup d'éléments, vous n'avez pas eu mon dernier mail ?

J'ai pianoté sur mon téléphone; elle avait raison. Elle m'avait envoyé un long message me demandant des pièces complémentaires, deux jours auparavant.

– Vous ne l'aviez pas ouvert ?

– Non.

– Vos parents ont été en justice l'un contre l'autre, n'est-ce pas ? Vous me l'aviez dit.

– Oui.

– Il me faut tout ce que vous pourrez trouver comme traces de cette période, tous les endroits où il est mentionné qu'il est votre père. J'ai besoin aussi d'articles de presse de l'époque… Enfin, le maximum d'informations. Vous voyez ce que je veux dire ?

1994

L'absence, ce sont les questions à l'école, les questions entre enfants, les questions des professeurs.

« C'est qui ton père ? Pourquoi on ne le voit jamais ? »

L'absence, ce sont les scooters ou les voitures des autres papas qui viennent à la sortie chercher leur enfant ; l'absence c'est maman qui, elle, est toujours là.

L'absence est devenue surprésence, les questions se sont transformées, les regards sont devenus admiratifs :

« Ah oui, c'est lui ton père ? ! Tu as de la chance, ça doit être un super papa. »

Il y a eu un moment où nous nous sommes rencontrés, je veux dire un moment dont je me souvienne, en dehors de la radio ; enfin, une rencontre réelle. C'est ce jour où il est arrivé en retard et où j'ai écrit pour la première fois à ma cousine. À huit ans.

Il existe une photo de ce premier moment mais personne ne sait où elle est dans la famille. Ma mère en a gardé une copie mais elle est totalement floue ; on y distingue à peine un homme, cheveux mi-longs, épaules voûtées, manteau d'hiver, regard lointain. Il semble maladroit, avec sa demi-main posée sur mon épaule.

Je porte une doudoune noire ; j'ai un vague sourire, une coupe au bol.

Nous avons tous les deux le poing droit complètement fermé.

1994

De ce premier rendez-vous avec mon père, je n'ai que des bribes à écrire, et encore, je crois que ma mémoire défaille. Sur la photo de maman, il est en voiture ; pour moi, nous étions à moto.

Il y avait son appartement, près de la porte d'Orléans, et *Mario Kart* sur Super Nintendo auquel je jouais avec mes deux frères aînés que je voyais pour la première fois. Il y avait ce vaste fouillis, la vaisselle crasseuse empilée dans la cuisine, une guitare qui traînait par terre, des costumes accrochés çà et là à des poignées de fenêtre, des boîtes de pizza vides. Vivait-il là ? Il y avait son odeur si différente de celle de maman lorsqu'il m'embrassait ; cette peau piquante, ce mélange de mousse à raser, d'eau de toilette et de cigarette. Sa peau me semblait si froide, quand celle de maman était chaude, enduite de crème, imprégnée de Shalimar.

Et puis j'ai remarqué, derrière nous, ces gens avec des appareils photo.

Ils m'ont demandé de venir, mon père m'a pris par l'épaule d'un air gauche. Il m'a fait asseoir dans un rond lumineux ; j'ai plissé les yeux tant j'étais ébloui.

Il y a eu des flashs, on nous a dit de sourire.

Mais il ne m'a pas parlé.

Deux heures plus tard, de retour à la maison, j'ai raconté à maman que mon père avait voulu faire un album photo avec moi mais que ce n'était pas des photographes comme elle avec le petit appareil gris. C'était des très gros appareils avec tout plein de faux soleil.

Elle a décroché son téléphone, il y a eu des éclats de voix.

Le lendemain, à la sortie de l'école, tout le monde se passait sous le manteau la pleine page du quotidien national où mon prénom et mon âge étaient cités, où mon histoire était racontée. Les parents devant le porche de l'établissement ne me quittaient plus des yeux. Maman n'a rien dit mais le soir nous avons regardé ensemble le journal. Elle l'avait acheté, bien sûr.

Les mots tournaient devant mes yeux d'enfant :

« la face cachée »

« nous avoue l'existence de son 3e enfant »

« j'ai eu une liaison de quelques mois avec une personne »

« du mal à admettre qu'il était mon fils »

« par une prise de sang que j'ai moi-même demandée »...

Nous n'allions plus nous voir pendant trois ans.

Impossible aujourd'hui encore de retrouver la photo de nous deux qui fut prise ce jour-là et qui ne fut jamais publiée, sur demande de ma mère. Mais quelque chose me revient en écrivant ces lignes ; des mots bredouillés par mon père avant de me redéposer chez ma mère :

– Et puis tu viendras dans ma maison de campagne un week-end, si tu veux ?

Il n'en fut plus question après ma dénonciation. Mais je n'ai jamais oublié cette maison (que depuis il a vendue). Je l'ai imaginée mille fois avec un mélange de peur et d'envie à l'idée d'un week-end entier avec lui ; cette maison était près d'un grand bois touffu, non loin de la mer ; je me la figurais imposante, en pierre noire, avec une très grande cheminée crépitante. Mon père enfilait des bottes pour ramasser du bois dehors car il pleuvait. Je m'imaginais jouer avec lui, courir dans les bois, aller au supermarché ou regarder un dessin animé. Je nous voyais avec mes deux frères et lui, ses bras autour de nos épaules. Il en resterait une photo que je poserais sur la cheminée de ma chambre, dans un cadre bleu.

Aujourd'hui il m'arrive encore de me demander ce qu'il serait advenu si je n'avais rien dit, si je m'étais tu, si je n'avais pas trahi mon père.

Je me suis souvent demandé dans ma vie comment expliquer l'absence. Enfant, je pensais que c'était ma faute. Que j'étais un *mauvais petit garçon*.

À l'école, je racontais des histoires à mes copains. Nous vivions avec mon père, il me faisait faire mes devoirs tous les soirs. S'il ne venait jamais me chercher à l'école, c'était parce qu'il travaillait beaucoup.

Quand on me disait que mon père était « très sympa », je répondais que oui.

Assez vite, les autres, ses auditeurs, ses téléspectateurs, l'ont connu mieux que moi.

2017

Ma mère m'a fait parvenir en quelques jours l'intégralité du dossier de justice. Pour la première fois, je m'y suis plongé ; on y voit la violence banale d'un couple qui se déchire et, à mesure que je lis, je m'aperçois que ça n'est pas mon histoire, mais la leur.

Que je n'ai rien à dire de cela, ni même à essayer de comprendre. Que je n'étais pas un *mauvais petit garçon*, que j'étais juste un petit garçon pris entre deux feux, otage d'une histoire qu'il n'avait pas choisie, comme tant d'autres en France ; que ce n'était pas ma faute, que dans une large mesure leur vie commune me dépassait et que ce n'était pas à moi de la porter.

Hors des « comptes rendus d'audience » qui racontent leur lutte, leurs larmes, leur amour devenu haine tenace l'un pour l'autre, je lis cependant quelques éléments biographiques qui me permettent d'imaginer ce que j'ai envie d'en retenir.

La magie des amours naissants. Leur rencontre à Avoriaz, à Pâques 1985, leurs vacances à Saint-Barthélemy en juillet de la même année. Ces lieux me rappellent le roman de ma mère.

Je veux me dire que mes parents se sont aimés, et tant pis si je n'étais pas encore là pour le voir. Imaginer, c'est vivre et, écrire, n'est-ce pas parfois mieux que la vie ?

Et puis il y a cet encart qui apparaît au gré d'une page de jugement :

L'analyse sanguine n'a révélé aucune preuve d'exclusion de la paternité de monsieur S. vis-à-vis de l'enfant et fait apparaître que cette paternité est probable à 99,40 %.

À quoi correspondaient les 0,60 % restants ?

Le lendemain de l'écriture de cette scène, un tressaillement de ma mémoire, la vague lueur d'un souvenir de ce matin-là ; j'avais un an ou deux. Le carrelage froid d'une salle nue et grise, l'aiguille qui pénètre la veine, la sensation de brûlure. La seringue qui se remplit de sang. Notre sang. Aurait-on pu éviter cela ?

L'absence, ce sont les vacances d'été sans lui, bien sûr, mais aussi sans elle. Faire un bébé toute seule, c'est travailler l'été pour l'envoyer au soleil. C'est faire le sacrifice de soi pour qu'il puisse partir. C'est imaginer se rejoindre, si les affaires sont bonnes.

Paris, le 29/07/1996

Salut mon petit garçon chéri,

J'étais bien heureuse d'entendre ta petite voix tant aimée, lors de ton dernier appel.

Tu as beaucoup de chance de pouvoir nager dans cette belle Méditerranée, car c'est ce qui me manque le plus avec la chaleur à Paris.

Nous nagerons peut-être ensemble, fin août à Saint-Tropez, quand (je l'espère) je pourrai venir te retrouver.

Je suis très contente que tu passes des moments heureux avec ta cousine et ta tante.

À ton retour à la rentrée, nous irons voir Jane Eyre *au cinéma. Je t'attends, c'est promis.*

Sur la table près de moi se trouve un gros bouquet de magnifiques roses, au parfum envoûtant.

Je glisse quelques pétales dans l'enveloppe pour te faire sentir cette odeur magnifique.

Je vais partir « attaquer » la liste des livres et les fournitures scolaires pour ta rentrée et ainsi je n'aurai pas à attendre des heures derrière les parents énervés.

Il y a un livre que tu dois lire pendant les vacances, je vais essayer de te le trouver.

Gros baisers à tous ceux qui t'entourent et à toi et Timon plus particulièrement...

I kiss you...

PS : Natacha me précise que son panier t'appartient désormais car elle s'est définitivement installée dans ta chambre, qu'elle trouve très confortable et plus à sa taille ! ! Miaou...

1994-1997

Les années qui suivirent furent assez calmes ; la première rencontre avec mon père n'avait été qu'un coup de tonnerre dans un ciel serein et, étant revenu à son absence initiale, je retrouvais presque ma vie d'enfant « normal ». À l'école, je m'étais habitué aux commentaires des autres.

Pour me souvenir de ces années « avec » mon père, je suis obligé de regarder sa biographie sur Wikipédia ; ma mémoire familiale est ainsi, indexée au temps de sa lumière. Comblant l'absence, ses émissions étaient devenues mon fil secret et je crois pouvoir dire que, pendant ces trois années de latence, je me suis contenté du personnage, le Doc, oubliant que j'avais un père.

Je me souviens de l'émission de Guillaume Durand sur TF1, dans laquelle il était chroniqueur. Puis de sa propre émission sur TF1 un peu plus tard, en 1993, et de son titre grotesque, « Leçons de séduction ». Ensuite ce fut la deuxième partie de soirée du samedi sur France 2, au titre en verlan, et que maman enregistrait sur le magnétoscope pour que j'aie des souvenirs. Je sais que pour ce livre (et pour moi), ce serait sans doute intéressant de revoir des images aujourd'hui. Mais chaque fois que je vais appuyer sur « play », j'ai comme un pincement au cœur et je renonce. Je ne sais pas bien l'expliquer encore ; c'est comme si j'avais peur de perdre quelque chose ; ou de redevenir cet enfant.

Dans les lettres envoyées à ma cousine, je ne racontais pas cela cependant ; j'écrivais plutôt mon petit roman de lui que j'avais nommé : « La folle vie du célèbre *Doc Maboule* ». J'y imaginais toutes sortes de scènes de son quotidien : il ne se déplaçait qu'en hélicoptère rose, avait des gardes du corps et dirigeait des expériences sur les bébés pour vérifier qu'ils n'étaient pas des extraterrestres ; ou encore que la nuit *Doc Maboule* couvrait son visage d'un masque et volait entre les toits de Paris pour aller consoler les enfants tristes.

Un soir, j'ai appelé le standard de son émission. Mais j'ai raccroché avant que quelqu'un ne réponde.

Il m'arrivait d'étreindre très fort ma peluche contre mon cœur ; jusqu'à ce que je me sente bien.

Ou, quand mon grand frère et ma mère dormaient, de marcher à tout petits pas vers l'immense panier de ma grande chienne danoise noire, Françoise. Je me pelotonnais contre elle ; elle déplaçait ses énormes pattes pour me faire un peu de place. Et je m'endormais, bercé par sa respiration.

Février 1997

En février 1997, ma tante était à Paris pour accoucher du petit frère de ma cousine. Un froid sec cernait la capitale. Ma mère était avec sa sœur à la clinique ; nous jouions aux Playmobil avec Jane dans ma chambre.

La chatte dormait sur le radiateur chaud. La chienne était étalée près de nous, sur le tapis blanc.

Le téléphone a sonné. C'était un vieux téléphone fixe, blanc, avec le cadran à tourner pour composer les chiffres.

Je me suis levé, laissant ma cousine poursuivre notre scénario. Dans le grand couloir, qui faisait la jonction entre les chambres et le salon, je me suis approché de la commode et j'ai décroché le téléphone.

Une voix grave a résonné dans le combiné. C'était à la fois une voix familière et inconnue. C'était la voix de la radio, mais en plus froide, plus dure, dénuée de toute empathie.

Je ne me souviens ensuite que du sang qui me tapait aux tempes, des larmes qui ruisselaient sur mes joues, me troublaient le regard, et de ses mots : il était *mon père,* désormais je viendrais chez lui un week-end sur deux ; c'était *la justice qui l'ordonnait*, c'était *comme ça.*

De retour dans la chambre, je ne voulais plus jouer. Je ne parlais plus. J'étais prostré, hoquetant, grinçant des dents pour maîtriser le tremblement de ma mâchoire.

Mon enfance s'est brisée ce jour-là, quelque part sur ce tapis, en même temps qu'une rancune sauvage naissait en moi. Ce salopard absent qui apparaissait soudain pour me voler ma vie.

2017

Toutes les pièces ayant enfin été réunies, il était temps de lancer la procédure. Avant, cependant, il fallait publier l'annonce de ma demande dans un journal national et dans le *Journal officiel.* C'était obligatoire, selon maître K. Le but était de vérifier que personne ne s'opposerait à moi en voulant m'interdire de porter le nom S.

Cela arrivait souvent.

Ainsi donc, le 7 octobre 2017, plus de vingt-trois ans après la publication de l'article où mon père me « reconnaissait » dans *Le Parisien*, un petit encart s'affichait en bas à droite de la page « Annonces » du même journal (page VIII du cahier parisien, pour être précis) :

M. K., né à PARIS, de nationalité Français, demeurant à Paris, Écrivain, dépose une requête auprès du Garde des Sceaux à l'effet de substituer à son nom patronymique celui de S.

Une autre annonce similaire fut publiée dans le *Journal officiel*, en date du 8 octobre 2017, au numéro 01300.

Un flash au réveil ; la nuit vient de m'offrir quelques images oubliées.

Un soir, mon père m'avait emmené dîner. Impossible de dire quand. J'étais petit, il était célèbre. C'est à peu près tout. C'était un restaurant non loin de chez ma mère, un restaurant très à la mode, ces lieux où mon père devait passer sa vie à l'époque. Il avait promis de ne pas me ramener tard ; il avait dû venir me chercher avec sa moto. J'aimerais avoir gardé un peu de mémoire de ce chemin, de chez ma mère au restaurant ; ce que nous ne nous sommes pas dit sur ce trajet, une sensation, un regard, l'odeur de l'essence de la moto. Il ne m'en reste rien.

Nous étions huit ou dix à ce dîner ; je me souviens des fumées de cigarette, des rires gras, du « pop » des bouteilles de champagne qu'on ouvrait. Mon père était au centre, moi à côté de lui, et tout le monde riait au moindre mot qu'il prononçait, au plus infime mouvement de son visage. Chacun semblait chercher son regard, son approbation ; mon père me souriait de temps à autre. Les gens autour de la table m'offraient des bonbons ; l'un une BD ; un autre me posait des questions sur mon école, de ces questions que les adultes posent aux enfants sans écouter la réponse. Moi, je ne comprenais rien à leurs discussions, je buvais du Coca. Je jouais à la Game Boy et je restais là. J'observais mon père fumer, rire. Il dégageait un mélange d'assurance, de confiance (entouré de ces personnes qui ne lui parlaient que de son émission et lui disaient à quel point il était extraordinaire), mais aussi d'autre chose que je ne saurais bien nommer, comme un flottement, une errance, un air de noyé. À un moment il est devenu un peu blanc, il est parti aux toilettes et a trébuché dans l'escalier. Tout le monde s'est précipité pour l'aider ; on eût dit des rats fondant sur un bout de viande. Un instant, j'ai entrevu l'image de mon père mort. Comme souvent cette inquiétude morbide me tenaillait en même temps qu'elle m'excitait. Je n'aurais plus à le voir. Mais il s'est relevé, un sourire chiffonné au visage.

Beaucoup plus tard, l'épuisement était tel que je me suis endormi sur une banquette. Seul.

La fraîcheur de l'air de juin sur la moto de mon père m'a réveillé à moitié ; maman attendait en bas de l'immeuble avec un regard de braise. Elle s'est approchée de son oreille ; à la lumière du réverbère et du jour naissant, j'ai vu que ses lèvres se crispaient tandis qu'elle prononçait à voix basse des mots que j'imaginais atroces.

Il lui a répondu quelque chose en baissant les yeux. Il m'a embrassé ; j'ai détourné la joue. La moto a redémarré en trombe.

Dans la copie du dossier reprenant toutes les pièces, que m'a transmise maître K., sont aussi regroupées les autres demandes de changement de nom publiées à la même date que moi.

Treize demandes, rien que pour une journée. Cela fait au moins 65 par semaine, 260 par mois, 3 120 par an. Qu'est-ce qui peut bien pousser tant de gens à vouloir changer de nom chaque année ?

Prenons par exemple l'annonce numéro 01288. Clémence B., demeurant à Châtenay-Malabry, agissant au nom de son enfant mineure née en 2011, pour substituer à son nom S. le nom B. Qu'est-ce qui guide cette maman ? Quelle histoire y a-t-il derrière cette demande ?

Et monsieur P. qui demande avec et pour ses trois enfants, dont un mineur, la substitution du nom P. au nom B. ? Qu'est-il arrivé à la mère ?

Et les Habib, Alexandre, Michael (j'en passe), qui formulent la même demande que moi ? Eux aussi, veulent-ils récupérer le nom du père ?

Derrière chaque demande de changement de nom, il y a un roman qui sommeille, des années de silence sans doute, de larmes réprimées, de luttes, tout cela résumé en trois lignes dans un journal.

Pourquoi mes parents n'ont-ils pas, une fois leur longue guerre judiciaire achevée, réglé les choses ? Pourquoi est-ce à moi de me battre une nouvelle fois pour porter ce nom *officiellement* ? Pourquoi dans cette famille rien n'est simple ? Pourquoi la légèreté nous est-elle étrangère ? Est-ce qu'il en va ainsi dans toutes les familles ?

1986

L'absence, j'imagine, c'est au moment des contractions, la perte des eaux. L'absence, c'est quand il faut prendre la voiture, faire vite. Se rendre à la maternité.

L'absence, c'est l'accouchement solitaire ; les hurlements, la sueur.

Que fait-il à ce moment-là ? Il dort, ou bien il travaille ? Sait-il ce qui se produit à cet instant ? Qu'est-ce que cela lui fait éprouver ? Comment fait-il à vrai dire pour ne pas être là, pour ne pas appeler ? Il sait, n'est-ce pas ?

L'absence, c'est la salle d'attente vide ; l'absence, c'est le bébé contre soi ; la solitude de la contemplation. L'absence, c'est qu'il n'y a qu'une voix qui lui parle.

L'absence, c'est le 24 mars 1986, à 12 heures, l'agent de la mairie qui voit arriver une femme pour reconnaître l'enfant. Cette femme a cinquante-trois ans. Elle ne ressemble pas à une grand-mère.

L'absence, c'est ce même agent qui demandera *où est le père* et s'il passera *reconnaître* l'enfant. L'absence, c'est la grand-mère qui répondra qu'elle *ne sait pas.*

L'absence, c'est ce nom, S., qui jamais ne sera accolé sur cet acte de naissance au prénom du fils, faute de reconnaissance paternelle. Et ce n'est qu'ensuite, à la faveur d'une décision judiciaire suite à une prise de sang, qu'il sera ajouté sur l'acte que cet enfant a bien un père et qu'il s'appelle S.

Mon père me dira beaucoup plus tard qu'après la prise de sang prouvant que j'étais bien son fils, il avait appelé ma mère, souhaitant me voir et s'occuper de moi.

« Tu vas me le voler », lui aurait-elle répondu.

« J'ai pris un uppercut dans la gueule », m'a-t-il confié, « mais je me disais que j'allais pas la ramener, je m'étais si mal comporté... »

Reste l'absence, l'absence, c'est ce qui jamais ne s'effacera. C'est ce qui me fait craindre parfois de faire comme lui un jour. Fuir.

L'ironie du sort voudra que, bien plus tard, ce soit à la maternité que je passerai le plus de temps à attendre mon père.

Attendre mon père car il devait mettre des bébés au monde avant de pouvoir venir dîner avec moi.

Ma mère a retrouvé la photo floue, je veux dire l'original de la photo floue.

Je me suis trompé, elle ne date pas de mes huit ans mais de mes onze ans, du premier week-end « obligatoire » avec mon père.

Il y en a même une autre, plan plus large. Au fond, juste derrière, une femme passe, témoin involontaire de ce moment, de ces regards qui fuient, de ces mains qui n'osent se toucher. Ma mère doit être derrière l'appareil. Sur cette deuxième photo, je souris légèrement. Mon père a encore les yeux baissés. Il a l'air de s'ennuyer.

C'était un samedi, mais il y en a eu tant d'autres. Mon père devait passer me prendre à 14 heures. C'était l'heure « réglementaire » fixée par le juge.

Maman travaillait ; à 13 heures j'ai mangé seul dans la cuisine, un plat qu'elle avait préparé tôt le matin ; des pâtes à la bolognaise avec du fromage et des oignons craquants. Je les ai fait réchauffer au micro-ondes. Mon cœur battait fort. Bientôt il serait là. Et les mots résonnaient comme pour calmer mon âme ployant sous les assauts de l'angoisse.

Bientôt il serait là.

Bientôt il serait là.

J'ai cherché des moyens de me rassurer ; mon frère n'était pas à la maison, la chienne était avec maman. Je me suis rabattu sur la chatte mais, endormie, le pelage chauffé par le radiateur où elle s'était assoupie, elle a tenté de me griffer quand j'ai approché mon visage. Après avoir fini de manger, j'ai fait les cent pas dans l'appartement. Était-il en approche ? Depuis le salon, j'ai glissé mes doigts entre les rideaux blancs que maman laissait à moitié fermés. Je scrutais chaque intersection, chaque parcelle de rue, celle qui débouchait sur le pressing et la nôtre; celle de droite au fond, au coin du tabac, devant le métro aérien; celle qui venait de l'avenue de Suffren et du parc. Il faisait très chaud, maman réglait le chauffage trop fort en hiver pour qu'on ne tombe pas malade et j'imaginais le moment où j'allais devoir affronter le froid quand il débarquerait. J'imaginais le silence; l'absence, même ensemble. Être seuls à deux.

J'ai allumé la télévision, j'ai joué un peu à la console. Puis je me suis relevé, j'ai recommencé mon inspection, je suis retourné dans la cuisine pour manger un yaourt. Depuis la fenêtre près de la table, mon regard s'est perdu sur la grande cour dans laquelle débouchaient quatre immeubles semblables au nôtre. Les façades intérieures étaient rouges et laides; bolcheviques. Tout le contraire de celles, haussmanniennes, claires, racées, qui donnaient sur la rue. Au centre de la cour était plantée une sorte de petite maison grise au toit pointu qui servait à ranger les poubelles et les vélos. Je détestais quand maman me demandait de descendre les ordures car, tout au fond de moi, j'étais absolument persuadé qu'un monstre, hideux et poilu avec des cornes, caché dans la bicoque au toit pointu, allait m'enlever et que jamais je ne reverrais ma chambre, mon frère, ma mère, mes animaux.

À 14 heures, j'ai enfin entendu la porte d'entrée s'ouvrir. Maman repassait, le temps que mon père vienne me chercher. Elle était précédée de notre chienne, qui est venue me lécher les mains.

– Alors, il a appelé ? a dit ma mère, peinant à dissimuler son agacement.

– Non.

– Ne t'inquiète pas, il va arriver.

Maman a préparé un chocolat chaud. Elle a mis trop de sucre et trop de lait, comme avec le thé. Mais j'en ai bu trois tasses brûlantes.

À 15 heures, elle est retournée travailler. Avant, du téléphone du couloir, elle a tenté à nouveau de joindre mon père. Elle m'a proposé l'écouteur pour que j'entende mais j'ai refusé. Elle l'a appelé à l'hôpital, au cabinet. Il n'a pas répondu. La secrétaire racontait qu'il avait des urgences à gérer. Il fallait rappeler plus tard.

– Il pourrait au moins prévenir..., a susurré ma mère.

Maman m'a demandé de lui téléphoner au magasin quand mon père se pointerait. Elle serait là en cinq minutes.

Le temps s'est écoulé très lentement, avec les mêmes rituels, les mêmes vérifications. J'avais les numéros de mon père mais il n'était pas question que je l'appelle moi-même, tant la perspective d'entendre sa voix, d'avoir à lui faire face m'effrayait. C'était ma mère qui me faisait un point, chaque heure, depuis son magasin.

Lisant, jouant à la console, je me suis assoupi en même temps que le jour baissait. À 17 h 30 cependant, le téléphone a retenti. Maman m'a annoncé qu'elle avait enfin pu parler à mon père. Il avait eu des « urgences ». Il serait là avant 19 heures. Il avait promis et il s'était excusé.

Dix-neuf heures ont sonné à la grande horloge du salon. La nuit est tombée et, même avec la lumière des lampadaires de la rue, il est devenu difficile pour moi de faire un compte rendu précis des allées et venues, et surtout d'avoir la certitude que ce serait bien mon père.

À 20 heures, maman n'avait pas appelé. Et si elle aussi disparaissait ? Et si elle était morte ? Et si je me retrouvais complètement seul ? Allait-il arriver ? Et si plus personne ne venait me chercher ?

Je me suis mis à crier de toutes mes forces, seul dans l'appartement.

– Mais tu vas arriver ? Tu vas arriver ?

Je me sentais prisonnier de ce lieu, j'ai tourné et tourné encore. J'ai couru dans le grand couloir de l'entrée, vers ma chambre, j'ai bondi sur mon lit tel un diable furieux, puis dans la chambre de mon frère, la salle de bains. Je suis retourné dans la cuisine et j'ai manqué de glisser sur le carrelage blanc. Mes cris se sont transformés en hurlements et je n'arrêtais plus de courir. Haletant, à 21 heures, je me suis étalé sur le canapé du salon, la poitrine en feu. La porte d'entrée a grincé, maman rentrait, et j'ai entendu des bruissements de sacs plastique qu'elle posait à terre.

– Je suis désolée, j'ai eu une cliente tard, a-t-elle dit, essoufflée. Écoute, je ne sais pas ce qu'il fiche... Mais j'ai fait les courses, tu vas au moins manger.

L'odeur du poulet au miel de ma mère s'est répandue dans la maison tandis que la voix de Jean-Pierre Foucault enveloppait l'obscurité de la rue. Nous avons mangé en regardant « Les années tubes », cette émission où des chanteurs reprenaient les grands titres des années 50, 60, 70... Ces chansons sont restées les vestiges de mes samedis d'attente et de ces moments où l'absence s'est imprimée en moi, s'est ancrée dans ma chair, et où elle est devenue un personnage de ma vie ; où l'enfant que j'étais a pu se dire parfois, en écoutant une chanson de Claude François que, sans doute, il ne valait pas la peine qu'on vienne le chercher.

J'ai eu un regain d'énergie après le dîner et maman aussi. Mon père viendrait. Cette fois c'était certain.

Je me suis à nouveau installé à mon poste d'observation, devant l'épais rideau blanc. Ce coup-ci j'ai pris mon carnet, un stylo, un tabouret, une lampe de poche. J'étais déterminé à noter scrupuleusement chaque passage dans la rue, chaque voiture, chaque homme, chaque femme, chaque chien, tel un espion ou un agent secret. Penché sur ma montre Flik Flak, je notais les heures, les minutes. Je notais tout. Et j'étais résolu à le faire jusqu'à ce que mon père sonne à la porte.

– Tu es mal assis sur ce tabouret, tu vas te faire mal au dos…, a dit ma mère.

Mais elle a abdiqué face à ma détermination.

– Après tout… Tiens-moi au courant de ton enquête, moi je vais essayer de le rappeler.

Vers minuit, j'ai vu une moto passer et j'en avais la certitude absolue : mon père était là ! Je frémissais d'excitation. J'ai regardé derrière moi ; tout était prêt. Par terre, à ma gauche, était posé mon sac à dos Le Roi Lion, mes deux pulls rouges, et bleus à l'intérieur, mon jean noir, mon pyjama blanc, mes chaussettes, mes deux Playmobil préférés (le flic et le cavalier), mon magazine *30 millions d'amis*, mon carnet et mes devoirs, ma brosse à dents, mon dentifrice Fluocaril.

Mon doudou. Timon, à qui j'avais enfilé son petit bonnet rouge et son pull de laine.

Le lendemain, maman m'a réveillé en m'apportant un chocolat et un croissant dans mon lit. Je ne savais plus vraiment où j'étais ; je ne me souvenais pas de m'être endormi ou d'avoir cessé ma surveillance.

– Alors, il est arrivé ? lui ai-je demandé.

Elle n'a pas répondu ; dehors il pleuvait à verse. Elle ne s'était pas démaquillée.

Mars 1997

Une fois, il était arrivé à l'heure pile. Quatorze heures. Le téléphone avait sonné à 13 h 30 pour prévenir de son arrivée. En raccrochant, maman avait le regard vide. Quand elle s'est levée de la chaise en osier pour venir vers moi, elle m'a semblé éteinte, un peu titubante. Elle disait qu'elle voulait que je voie mon père, mais son corps racontait le contraire. Mes mains étaient moites. Qui descendrait avec moi ? C'était la question récurrente.

– Veux-tu que je vienne ? a proposé maman.

Je n'osais lui dire non. Avoir à faire face à leurs silences guerriers, elle qui le toiserait de son œil de feu, lui qui l'ignorerait ; ce moment où elle m'embrasserait trop longtemps et où lui soufflerait d'agacement. C'était déjà si dur d'être seul avec lui, alors se retrouver tous les trois…

Heureusement ce jour-là, au dernier moment, maman a renoncé. Ce serait mon grand frère qui descendrait avec moi. Mon sac sur le dos, nous avons appelé ensemble le vieil ascenseur rouge qui crissait du rez-de-chaussée pour monter jusqu'à nous. Mon frère a posé sa main sur mon épaule. L'ascenseur, accompagné de son tintamarre habituel, s'est arrêté à notre quatrième étage. Il n'avait jamais été remplacé depuis la fondation de l'immeuble en 1910 ; j'aimais à me dire qu'il était mon arrière-grand-père. Mon frère a ouvert la grille grinçante et a manqué de s'y coincer la main. Il a appuyé sur le bouton 0 et l'ascenseur a débuté sa longue descente. On aurait dit un train, un très vieux train, à vapeur, lent, crachotant, dont on se demandait à chaque mouvement s'il n'allait pas finir par s'arrêter pour de bon. Son bruit tonne encore dans ma tête. « Tadada… tadada… tadada… tadada… »

Et je me concentrais sur ce son en me disant que, avec un peu de chance, il y aurait une panne et que nous resterions bloqués vingt ou trente minutes. Je rêvais de ce sursis.

Mais en bas mon frère a ouvert à nouveau la grille grinçante et, sa main encore sur mon épaule, il a poussé la première des deux portes qui me séparaient de mon père. La loge de la gardienne était ouverte, celle-ci faisait mine de passer le balai en nous dévisageant de son œil gris.

Avant d'ouvrir la deuxième porte, la pression de la main de mon frère s'est faite plus forte sur mon épaule et il m'a dit : « Ça va ? » J'ai imaginé un instant mon cœur sortant de ma poitrine, déambulant seul dans la rue, puis détalant avec ses petites pattes.

Sa voiture était juste devant, garée en double file, radio allumée, très forte sur de la « musique boum-boum » comme disait maman. Mon père était debout, devant le siège passager, portière ouverte. Lui et mon frère se sont salués, sans cérémonie. Mon père m'a embrassé. Ils se sont dit quelques mots que je n'ai pas entendus à cause de la musique ; quelque chose comme « Je le ramène demain à 18 heures » et puis « D'accord ». Mon frère m'a épargné une longue scène d'adieu, m'a tapé dans le dos et je suis monté dans la voiture. C'était une Pontiac, une voiture très moderne pour l'époque, rectangulaire, toutes options, et au total fort laide. Les sièges étaient en cuir, très moelleux. Cela sentait cette odeur si particulière de voiture neuve, de cuir tout juste posé, et de Marlboro rouge, froide. Quand je me suis installé dedans, j'ai failli vomir mon déjeuner.

À la fenêtre, la gardienne nous scrutait de derrière son rideau, et son nez qu'elle avait pointu m'a fait penser à un bec de corbeau.

Quand mon père a démarré, le volume de la musique toujours au maximum, j'ai entendu des cris venant du quatrième étage et j'ai imaginé les gestes de maman pour moi, mais je me suis tassé dans le fauteuil et j'ai fait semblant de ne pas entendre. Mon père n'a pas eu la moindre réaction et je me suis dit que c'était ce qu'il attendait de moi ; que je sois un homme, que j'oublie ma mère et ma maison. Que je me taise.

Dans *Des hommes qui fuient*, j'ai transformé cette scène : j'ai inventé une horde de fans qui nous arrêtaient au feu rouge, qui se jetaient sur le pare-brise en hurlant ; et mon père qui garait la voiture pour leur répondre. En réalité nous ne nous parlions pas, nous ne nous regardions pas ; nous étions seuls, nos gorges étaient nouées.

Mon père a éteint la musique et, tandis que ma rue s'effaçait, la voiture a tourné à gauche, par l'avenue de Suffren, et il m'apparaît en écrivant que je suis capable, encore aujourd'hui, de citer toutes les étapes du parcours vers les Grands Boulevards. J'ai appris par cœur le chemin pour remplir ces instants-là. L'avenue de Suffren, le Hilton blanc, le grand terrain de foot ; les quais, la tour Eiffel, la Seine grisâtre… Puis le pont pour rejoindre la rive droite que maman abhorrait. Le tunnel, l'Opéra, les bouchons, les Galeries Lafayette emplies de lumière, l'odeur d'essence…

Mon père a fumé cigarette sur cigarette, en ouvrant peu la vitre. Chaque fois qu'il en allumait une, je me laissais enivrer par la fumée acide, âcre, qui piquait mes yeux. Je la respirais du plus profond de mes poumons. Mes yeux pleuraient grands ouverts et c'était comme une provocation à maman qui haïssait tant cette odeur, une façon de communier avec mon père sans le dire, de partager au moins une chose avec lui ; qu'il puisse faire un peu le poids, qu'il ne soit pas totalement nul face à elle.

De temps à autre, mon père répondait au téléphone (il était un des premiers à en avoir un dans sa voiture). Et pendant ce temps-là je cherchais ; je cherchais un sujet, un mot, un regard, une blague, un mouvement de corps, je cherchais n'importe quoi qui me permettrait d'habiter ce silence, qui à chaque nouvelle rue devenait plus pesant, plus lourd, car je savais qu'une fois lâché dans le grand appartement je n'aurais plus d'occasion d'être seul avec lui avant qu'il ne me ramène dimanche. Mais ma bouche était close, j'étais hors de souffle, j'éprouvais des difficultés à respirer ; la sueur coulait sur mes joues ; le moindre mot, la moindre action me semblait impossible. Mes rares tentatives se soldaient par des échecs ; parfois ses lèvres s'entrouvraient, comme sur le point de parler, mais cela s'achevait par des murmures inaudibles, des borborygmes, voire pas de réponse du tout de sa part.

Parvenu à destination, au moment de monter vers ce que j'appelais alors dans ma tête « le donjon », le verdict m'est apparu comme un déchaînement de cette vérité insupportable qui harponnait mon ventre de gamin. Je ne l'intéressais pas.

Quand je me remémore cette scène aujourd'hui, quand je la repense, quand je la revois avec mon regard d'homme, une autre vérité m'apparaît, plus sensible, plus complexe. Ce silence dont je le rendais responsable, cet amour dont j'imaginais qu'il ne pouvait me l'offrir, *à cause de moi*, je l'*écris* autrement. Comme futur père (et non plus comme fils), je m'imagine à sa place, un instant. Cette femme qu'il avait aimée, leur guerre froide, moi au milieu. Lui-même ne pouvait-il pas se dire que c'était moi, son fils, qui ne pourrais jamais l'aimer ? Qu'imaginait-il que l'on me racontait de lui à la maison ? Et mon propre silence, le prenait-il pour lui ?

Et si ce silence dont j'ai si souvent pensé être la cause n'était pas un silence qui s'adressait au contraire à lui-même, un silence de coupable : ne pas pouvoir être mon père, ne m'avoir pas reconnu, s'occuper de tant d'enfants mais pas du sien ; et cette douleur sans doute indicible de reproduire ce qu'il avait lui-même vécu, et au fond je me demande si ces silences qui recouvraient sa parole (qui le recouvraient), l'enfermaient dans ses fuites, n'étaient pas le masque de sa douleur, de son impossibilité malgré lui à m'aimer ; de sa difficulté à se reconnaître lui-même et à tenir sa place d'homme et de père, face à son fils. Face à moi.

Et si ça n'était pas la même soif d'amour qui asséchait nos gorges.

Chez lui, il me jetait (c'est le mot) dans le salon de l'appartement du grand boulevard avec sa nouvelle femme Ariane et repartait.

Il réapparaissait aux repas ou le dimanche, tel le génie de la lampe.

Je dormais dans une chambre à l'odeur nauséabonde qui empestait la cigarette et le renfermé, dans les mêmes draps que mes deux frères aînés que je n'avais vus qu'une fois. Cette chambre avait quelque chose de rassurant cependant, c'était une caverne tranquille au milieu de cet appartement si grand que les cris des enfants résonnaient entre les couloirs dans l'éclat d'un parquet de Hongrie sonore et vernis.

La chambre était exposée au nord, il y avait peu de lumière et d'épais rideaux rouges. À la fenêtre, des cendriers remplis à ras bord étaient posés en équilibre à côté de bouteilles de bière vides qui se brisaient parfois dans la cour quand le vent soufflait.

Par terre, de vieux tee-shirts, des baskets (des pieds de géant, je n'avais jamais vu cela), un pull à capuche violet (je l'avais mis une fois à la fin de ce premier et unique hiver glacé avec eux). Le seul autre intérêt de cette chambre (avec sa porte à loquet), c'était la grande télévision et sa console de jeux vidéo. Dans mes souvenirs, il y avait deux jeux : un jeu de football et un jeu de combat. J'y passais des heures entières sans me décoller de l'écran ; j'oubliais alors ce lieu, mon père… Je courais derrière le ballon, je terrassais des dragons, je partais si loin que plus personne ne pouvait me rattraper. Je ne quittais ma caverne que pour aller dîner, hirsute, en sueur, la tête pleine de ces autres réalités. Sortir d'une longue séance d'écriture me produit parfois le même effet ; cette sensation pour une fois d'avoir échappé au manque, à la solitude ; cette illusion d'avoir vaincu le monde réel, d'avoir triomphé de la mort.

Ariane était la seule à s'en inquiéter. Elle parlait d'addiction. Elle allait le dire à mon père. Mais il n'était pas là. Ou bien il arrivait à l'heure du dessert, au téléphone. C'était à sa femme que mon père a toujours confié la mission implicite de s'occuper de moi. Elle avait déjà sa propre fille, leur bébé, mes deux frères… Je la détestais à l'époque ; quand je me souviens de nos yeux qui se croisaient, cependant, aujourd'hui, j'y lis la même méconnaissance, la même angoisse. Rien ne correspondait ici à ce que j'avais connu dans mon enfance. Rien ne m'avait été dit ou expliqué. Tout était mal rangé, en vrac, on parlait fort.

Un soir vers mes onze ans, ayant épuisé mes jeux vidéo, ayant fini d'attendre le retour de mon père, j'ai attrapé un paquet de Camel de mes frères qui traînait près du lit et j'ai fumé ma première cigarette. J'ai toussé, craché ; c'était immonde. Mais je l'ai fumée jusqu'à la dernière taffe, au bout du mégot, tant et si bien que le dîner est remonté dans ma gorge et que j'ai ressenti cette acidité qui précède le vomissement.

J'espérais, je rêvais, que mon père rentre, me gronde, me prenne le paquet. Me punisse.

Mais il n'est pas rentré et je me suis endormi.

Mon cher cousinet,

tu me manques. j'ai appris que tu passais en 6e mes félicitations ! J'ai aussi appris que ton père t'avait pris pendant 1 week-end !

Grosse Bises, Jane

PS : avec l'école nous sommes partis à Avignon.

Quand mon grand frère partait en vacances sans nous, il nous écrivait.

Il avait une préférence pour les cartes postales. Au contraire de maman, ses mots étaient concis, directs.

Par exemple :

Alors que le soleil arrive il faut déjà partir !

Gros bisous

J'aimais son écriture massive et franche. Les lettres étaient bien dessinées sur le papier.

Puis un jour, peu à peu, un autre nom est venu s'accoler au sien. Celui de la femme qu'il aimait.

Il vivait encore à la maison cependant, sa copine m'apportait des boîtes de Playmobil. Ainsi je jouais sans aller toquer à leur porte lorsqu'ils s'enfermaient tous les deux. Le mystère de la porte fermée et de la pièce interdite nourrissait mes jeux.

J'imaginais beaucoup de choses ; jamais pourtant je n'avais imaginé son départ.

La requête en changement de nom sur le fondement de l'article 61 du Code civil a été déposée au mois de décembre 2017 par monsieur K. par l'intermédiaire de son conseil maître K. Le requérant qui porte actuellement le nom de sa mère souhaite à titre principal prendre le nom de son père, à savoir S. Il invoque des motifs d'ordre affectif puisque le nom revendiqué est celui avec lequel il s'est construit une identité. Il invoque également un usage constant du nom paternel, sous lequel il s'est fait connaître professionnellement, socialement et auprès du public en qualité d'écrivain. Il produit de nombreuses pièces justificatives (attestation et documents attestant de l'usage du nom de S. et bibliographie).

Une des conditions *sine qua non* pour avoir le droit de changer de nom est de présenter un extrait de casier judiciaire vide. On n'a pas le droit de changer de nom si on est en prison ou si on a commis des forfaits. N'est-ce pas une situation quelque peu ubuesque ? N'y a-t-il pas meilleur motif de faire des *bêtises*, de se retrouver en prison, de ne pas trouver sa place dans la société, que d'avoir grandi sans être reconnu, que d'avoir passé sa vie à tenter de se faire un nom ?

La requête avait été déposée depuis un moment déjà.

Pourtant, chaque semaine, maître K. me téléphonait pour savoir *où cela en était*. Elle voulait parler de ses honoraires à régler par mon père dans le cadre de ma procédure de changement de nom, comme il s'y était engagé.

J'ai fini par dire à maître K. de cesser de m'appeler. De l'appeler lui. J'avais déjà assez *payé*.

Il ne répondait pas, ne la rappelait pas. Puis un jour, sans un mot, il a effectué le virement. Le montant renseigné était bien supérieur aux honoraires de maître K. Nous n'en avons jamais reparlé.

Été 1997

Paris, le 6 août 1997

Hello chéri de mon cœur,

Je reçois ce matin ta superbe carte et ton dessin si coloré, qui me donne tout à fait une idée de la beauté de la mer en cette saison.

J'ai adoré entendre ta petite voix et j'ai cru comprendre que tu avais perdu ton zozotement dans la mer, bravo.

Je respire un peu mieux car la température dans l'atelier est enfin descendue, hier encore l'après-midi, malgré les deux ventilateurs, il y avait 45° en haut. L'horreur !!

Depuis les violents orages et la pluie tout est redevenu normal et presque frais. Je ferme tous les soirs le magasin vers 19 h 30 et je pars avec Françoise au parc de Saint-Cloud, où je me promène seule avec elle et quelquefois avec Martine et son petit chien blanc.

Je peins beaucoup de petits meubles, couleur vanille, histoire de me rafraîchir.

Il y a deux jours, j'ai pique-niqué à Saint-Cloud avec une amie Suzanne, et sa petite fille Aline, et Martine. Nous avons eu le temps de dîner dans l'herbe, et pour le dessert, nous avons ouvert nos parapluies. En rentrant à la maison, le tonnerre et les éclairs se sont déchaînés, et sur le pont, devant la tour Eiffel, il y avait au moins 50 cm d'eau et j'ai mis le mode 4×4, tellement le vent soufflait fort. Un peu comme la grêle que nous avions reçue avec de la neige, en arrivant au Muy, voici deux ans pour les vacances de Pâques chez Manu. T'en souviens-tu ?

J'espère que la petite Jane se porte mieux et qu'elle ne met plus sa tête sous l'eau. Bisous à chacun. Je t'aime fort, fort.

Maman

PS : Pour répondre à ta question, tes lapins sont très sages, ils jouent un peu avec tes Lego dans la journée mais ils rangent avant ton retour ! Bisous !!

Août 1997

À l'été 1997, j'ai passé mes premières et dernières vacances avec mon père. Il avait loué une maison dans le Luberon, perdue au milieu des vignes. Elle était composée de deux bâtisses défraîchies, avec au milieu une grande étendue d'herbe jaunie par la chaleur.

Nous étions six avec mes deux frères aînés, le dernier-né de mon père et de sa nouvelle femme. Il y avait un chat, Loulou je crois, et un chien qu'ils avaient adopté, Pamplemousse, qui ressemblait à un beagle et qui courait partout. Pamplemousse était l'auteur incontestable d'un nombre infini de bêtises, fouillant les poubelles, vomissant sur le carrelage, déféquant et urinant sur les lits et les canapés.

Pourtant j'adorais Pamplemousse, et passais tout mon temps avec lui à arpenter les champs ou à faire la sieste sous les pins. Sur la seule photo qui subsiste de ces vacances, nous sommes assis tous les cinq sur des marches, mon père a son dernier fils dans les bras, mes deux frères aînés sont à sa gauche, l'un avec le chat. Je suis tout à droite, Pamplemousse sur mes genoux ; mes mains semblent cramponnées à lui, j'ai les yeux fermés.

Je crois ne m'être jamais autant ennuyé que cet été-là. La vie dans cette famille nombreuse était monacale, constituée de toutes ces choses que les enfants ignorent : faire à manger (tout le temps), les courses, vider le lave-vaisselle…

Mon père a joué au foot avec nous une fois, quelques minutes. C'était comme une fête.

Je me souviens des matins au moment du petit déjeuner. Mes frères aînés étaient adolescents et n'émergeaient jamais avant midi. La femme de mon père sortait avec le petit dernier, aussi avais-je remarqué dès le premier jour que s'ouvrait devant moi une plage d'une heure trente, seul avec mon père, sans interruptions autres que les bêtises de Pamplemousse. Ce serait le moment de ce que j'appelais dans ma tête notre « grande discussion ». Nous pourrions tout nous dire, la bouche de mon père s'ouvrirait, des sons en sortiraient ; j'aurais ce père pour moi.

Mais dès lors que sa femme quittait la pièce et qu'il restait avec moi, son regard se perdait dans le vide. Il n'y avait plus de mots, plus de sourire comme encore quelques secondes avant. Plus que le bruit de sa cuillère pour touiller son café, de ses dents croquant dans sa biscotte pleine de miel qui coulait sur le haut de son peignoir, de son briquet pour allumer sa cigarette ; des pages de son journal qu'il tournait.

Vers 10 h 30, mon père finissait par se lever de table. Il s'asseyait dans le gros fauteuil près de la cheminée. Je le suivais à la trace, me postais face à lui, m'enfonçant dans un vieux fauteuil noir, mou et grinçant. Chaque matin je me disais que j'allais oser, initier les mots, dire, lancer un dialogue. Mais rien ne venait. Rien ne passait. Pamplemousse grimpait sur moi, je le caressais de mes mains tiédies par l'angoisse. Je me concentrais sur l'odeur de la cigarette de mon père mélangée à celle du énième café qu'il buvait.

Une fois je suis parvenu à dire deux mots : « Ça va ? » Il a fait une moue, a inséré une Marlboro entre ses lèvres. Terminé.

Une ou deux heures après, quand mes frères (l'œil encore froissé de leur longue nuit) pénétraient dans la pièce, mon père poussait une sorte de soupir sec, à la fois résigné et soulagé, qui ressemblait à un craquement, puis se levait et s'enfermait dans la salle de bains. L'eau coulait longtemps. Sa femme revenait.

Moi, j'allais me réfugier dans ma chambre.

Pamplemousse m'accompagnait. Je m'enroulais dans les couvertures de mon lit et sortais le cahier

Clairefontaine. Maman me l'avait offert avant de partir.

Alors, de mon écriture bleue, scribouillarde, j'inventais nos dialogues avec mon père, je racontais notre histoire ; j'écrivais son silence.

Le 22/09/96

Cher cousin,

Il pleut des cordes à Saint-Tropez, et chez toi ? Hier je me suis occupée des poneys, donc Indiana ! Et toi qu'as-tu fait ? J'aimerais bien te revoir à la Toussaint ; est-ce que Natacha et Françoise vont bien ? Tu sais, mon frère (le bébé), c'est un........ un .... un........ un garçon !!!!!!!!!!!!!!!!!!!!!!!!!!!!!!!!!

Tu es content ? Moi oui ! Je crois qu'il va s'appeler A.....l.....e.....x.....a.....n.....d.....r....e

Alexandre, mais je n'en suis pas sûre ! En tout cas il n'est pas mongolien, c'est chouette, non ?

Je t'embrasse fort ! Embrasse ta mère et tout le monde !

Jane.

2018

En 2017, une éditrice a eu l'idée de nous faire publier un livre ensemble. Besoin d'argent, me disais-je, alors pourquoi pas ? Je me mentais, je le sais aujourd'hui. Je refusais de regarder en face la vraie raison qui me poussait à accepter ; toutes ces choses que j'avais envie que l'on se dise et qui seraient venues dans une discussion intime ou une dispute, dans une autre famille. Mais qui dans la nôtre n'adviendraient que dans un cadre médiatique, lu et écouté par les autres, avec le livre comme tiers et thérapeute familial.

J'ai rédigé une trame. Toutes les parties qu'il devait écrire étaient en rouge. J'ai créé un Google Drive en ligne pour qu'il puisse écrire depuis son téléphone portable. Je savais que c'était le seul objet qu'il avait en permanence entre les mains.

Pendant des mois, je l'ai relancé ; il disait qu'il avait écrit, mais je n'en trouvais aucune trace.

Alors je lui ai envoyé le fichier en format Word (qui entre-temps avait beaucoup grossi).

Les semaines sont passées. Là encore, disait-il, il écrivait mais, étrangement, les mails qu'il me renvoyait avec son texte ne parvenaient pas à destination.

Un jour, l'éditrice du projet, Élisa, m'a dit :

– Tu es sûr que vous allez y arriver ?

J'ai répondu que oui. J'avais signé ce contrat, lui aussi, nous irions au bout car nous nous étions engagés.

J'ai tenté une opération de la dernière chance. J'ai proposé à mon père un exercice dans lequel je le pensais plus à l'aise que l'écriture : des entretiens, avec un dictaphone.

Entre mars et juillet 2018, nous nous sommes vus tous les jeudis, entre 8 h 30 et 9 h 30. Un enregistreur entre nous.

Août 1997

Au retour des vacances dans le Luberon à l'été 1997, il me restait encore deux semaines à passer dans l'immense appartement des Grands Boulevards.

Dès les valises posées, mon père a remis son casque sur sa tête et a claqué la porte.

Il avait du travail.

De ces deux semaines, je garde le souvenir d'un de mes deux frères auquel mon père m'avait confié; à lui la charge, tandis qu'Ariane était chez sa mère avec les enfants, de s'occuper de moi, petit frère inconnu de onze ans. Le pauvre bougre n'en avait que seize et j'étais le responsable involontaire du divorce entre ses parents. Il s'acquittait cependant de sa tâche avec gentillesse; il m'emmenait à Disneyland et faire du skate avec ses copains au Trocadéro.

Il faisait si chaud en ce mois d'août 97; l'air parisien était dense, gluant d'une poussière jaune. La nuit nous nous couchions sur le balcon, avec nos matelas, pour espérer glaner un peu de fraîcheur au ventre brûlant de la capitale.

Quand le jour finissait par poindre, je me levais et contemplais le boulevard.

Une de ces nuits d'insomnie, j'ai marché à pas de loup dans l'appartement; je me suis posté devant chaque chambre. Celle de mon père était vitrée, comme une véranda. Tel un chercheur je l'ai regardé dormir; à quoi pouvait-il bien rêver ? Qu'y avait-il dans cette tête ? Avais-je vraiment le même sang que lui ?

Sa chambre était emplie de livres, de vêtements. Elle n'était meublée que d'un lit géant en chêne et d'une commode en noyer. Il n'y avait pas de placard, les vêtements traînaient par terre. Mon père était étalé de tout son long sur le lit et ronflait. Pour une fois, il ne travaillait pas ce jour d'août. Il régnait cette atmosphère tranquille des étés parisiens, cette impression de fin du monde apaisée, et cette pensée m'était insupportable. Il semblait si calme dans son sommeil; je me suis senti soudain comme un volcan au bord de l'éruption. J'ai eu envie de crier, de donner un coup de pied dans la vitre, de détruire sa nuit. Mais il s'est retourné et j'ai cru qu'il allait se réveiller. Le parquet a grincé sous mes pieds et le bruit a résonné dans le salon. J'ai entendu mon père se lever; je suis parti en courant.

Salut mon fils,

Je suis très fière de toi, trois vols sans vomir, ta place de « commandant de bord » me semble assurée !

La canicule est annoncée pour jeudi à Paris, l'horreur. Je crois que je vais prendre une bassine en plastique avec de l'eau à l'atelier, pour mettre mes pieds au frais !! J'espère que ton vélo est arrivé afin que tu puisses t'éclater avec Jane sur les chemins. Je t'aime très fort et te souhaite de belles vacances.

Plein de bisous, ta maman.

Fin août 1997

J'étais de retour à la maison.

Pendant les deux semaines qui ont suivi, j'ai calculé dans ma tête; quatorze jours, treize jours, douze jours... trois jours. Avant d'y retourner.

Le dimanche, pendant le journal de Claire Chazal à 20 heures, je tentais de me rassurer. Deux semaines plus tard, je serais ici devant ce même journal et le week-end chez l'absent serait terminé. À la fin je ne pensais qu'à cela. Le jour où j'allais devoir y retourner... Le jour où j'allais devoir passer à nouveau cette demi-heure dans le silence de la grosse voiture américaine. Malgré mes prières, mes comptes à rebours, mes tocs, tout ce que je pouvais utiliser pour retenir le temps, l'heure fatidique a sonné.

En pénétrant dans son appartement, j'ai perçu que quelque chose avait changé; quelque chose qu'on ne m'avait pas dit, qui m'était caché mais qui suintait des murs, de l'atmosphère.

Casque encore sur la tête, mon père a refermé la porte si fort qu'elle en a vibré et il est reparti enfourcher sa moto. Pamplemousse ne venait pas me faire la fête ni me sauter dessus. J'ai couru dans tout l'appartement, j'ai ouvert les placards, dans les recoins.

– Qu'est-ce que tu cherches ? a demandé la nounou de ma jeune sœur.

– Pamplemousse.

– Ah. Ils l'ont laissé la semaine dernière, dans un refuge.

– Quoi ?

– C'était trop de travail et il était insupportable.

Je suis resté silencieux, tremblant de colère.

– Mais pourquoi, pourquoi vous ne m'avez pas demandé mon avis ?

– Tu viens un week-end sur deux, ce n'est pas toi qui allais t'en occuper, a-t-elle asséné, la lèvre mauvaise, hideusement retroussée, avant de tourner les talons.

En quelques mots, elle avait tout dit. Ici, j'étais un étranger, un « expat ». Ma voix ne comptait pas. On n'allait pas me demander mon avis.

Quand mon père m'a ramené chez ma mère, j'ai décidé de ne plus jamais retourner dans l'appartement du grand boulevard.

2018

Lors de notre premier entretien pour le livre avec mon père, le 25 janvier 2018, nous n'avons pas parlé de nous mais de l'allaitement, de la place des parents à la naissance de l'enfant… Mon père était en avance, il a grimpé quatre à quatre au premier étage de ce café près du jardin du Luxembourg. La moquette y était duveteuse, les fauteuils moelleux. Un feu crépitait dans une petite cheminée.

La plupart du temps, il n'y avait personne au premier. Ici on se sentait comme au ciel écoutant le vacarme du monde en dessous, épiant les petits déjeuners d'affaires, les voitures déposant les hommes politiques ou les stars de cinéma. Les serveurs nous oubliaient parfois. Je descendais commander deux cafés longs, deux jus d'orange frais, deux brioches. Et je lançais l'enregistreur.

Au bout de quelques « séances », ce temps est devenu notre rituel et je crois que nous l'attendions. Nous n'en avons raté aucune, si ce n'est une fois, à cause de la neige, mais avec mille excuses.

Au deuxième entretien, il a été question du désir d'enfant. Mon père a dit qu'il n'avait jamais eu de désir d'enfant. C'était toujours venu des femmes. J'ai rétorqué que selon moi cela pouvait aussi venir du père.

Nous avons parlé de nos métiers. Nous étions comme deux chiens errants se flairant, se jaugeant pour savoir qui allait commencer à se livrer en premier. C'est mon père qui l'a fait, évoquant les raisons qui l'avaient poussé à devenir médecin. S'occuper des enfants des autres avait peut-être été pour lui une façon d'exprimer une forme de culpabilité inconsciente, une façon de *réparer* les autres, alors que c'est soi-même qu'on aimerait *réparer.*

Septembre 1997

Suite à l'abandon de Pamplemousse, j'ai demandé à ma mère si je pouvais être reçu par le juge. C'était une femme.

Je ne sais plus ce que je lui ai dit ni comment.

Le week-end suivant, j'étais chez mon père. Au moment de me ramener à la maison, il m'a pris à part sur le palier de son appartement. Je n'oublierai jamais son visage en sueur ; à la fois rougeaud et gris, luisant dans la faible lueur de début d'automne qui filtrait à travers la fenêtre de service striée par des barreaux.

Mon père a prononcé des mots comme « pourquoi » ou « trahison ». Il évitait mon regard mais je lisais dans le sien sa blessure.

Que serait-il advenu de nous si je n'avais pas parlé à cette juge ? Cette pensée ronge encore mon cerveau. J'étais allé chercher chez elle ce que mon père *m'offrait* sur ce palier. Une reconnaissance, une marque d'attention ; mon père avait enfin de la peine de ce que nous ne parvenions pas à vivre ensemble, de notre dialogue impossible. Mes mots face à la juge avaient été mon cri, mon passage à l'acte. J'avais tué son absence.

2018

Cela s'est d'abord dessiné par petites touches ; quand nous avions parlé pendant trente ou quarante minutes éducation, éveil de l'enfant, autorité, je posais la question qui était la raison d'être de ce livre et de nous retrouver tous les deux ici : « Puisque c'est un livre dont le fil rouge est un dialogue père-fils, parlons un peu de nous... »

Mon père, joues roses un peu violacées et cheveux blancs, se grattait le nez, souriait. Je savais qu'il attendait ce moment. La confiance s'installait. Ces entretiens devenaient notre *rencontre* ; par ce rendez-vous hebdomadaire, cette attente mutuelle, cet engagement commun chaque jeudi de 8 h 30 à 9 h 30, nous naissions l'un à l'autre. Et nous le ressentions sans le verbaliser. C'était cette brioche sucrée, ce café, ce jus d'orange, cette « table familiale » dans ce « lieu familier » ; nos souvenirs que nous construisions sur le tas. Une autre mémoire qui s'inscrivait. La transformation d'un impossible.

Un jeudi matin, mon père a évoqué son père. J'avais vu trois fois cet homme dans ma vie : au mariage de mon oncle, à la mort de sa femme (ma grand-mère) et, la troisième fois, pour sa propre mort.

La première fois que je l'avais vu, il m'avait ouvert la porte, il m'avait regardé et dit :

– Ah, c'est bien un fils de la famille, celui-là.

Nous n'avions pas échangé d'autres mots. Jamais. Mais j'avais pris cela comme une intronisation familiale, une reconnaissance tardive de mon sang.

Ce jeudi matin, mon père m'a raconté cet homme autoritaire, avare de mots et d'amour, ne lui répondant pas quand il lui parlait. Ce père qui se définissait comme un « tout petit médecin ».

Peu à peu, à mesure que mon père racontait, j'ai pu approcher le pourquoi du silence, écrire dans le vide de notre mémoire.

Mon grand-père, Alain, était né en 1927 dans une famille de huit enfants. Il vivait en Alsace. Son propre père, Arnaud, mon arrière-grand-père, avait combattu en 1914 sous l'uniforme germanique. À l'époque, l'Alsace était allemande. Il était revenu de la guerre avec un pied éclaté par une grenade et était resté handicapé toute sa vie, avec des problèmes cardiaques.

Mon grand-père était donc né français en 1927 d'un père lui-même né allemand et qui avait dû combattre avec le casque à pointe du Kaiser, contraint et forcé.

La guerre avait aussi brisé le rêve d'Arnaud, mon arrière-grand-père, de partir vivre aux États-Unis. Et puis, il ne pouvait pas abandonner les vignes familiales. Arnaud était un vigneron, et Alain avait grandi au milieu des grappes de raisin, dans le village d'Epfig.

Alain avait treize ans quand l'Allemagne écrasa la France en 40. L'Alsace redevint allemande, et avec elle la famille S. Arnaud était cependant confiant: ses enfants étaient trop jeunes pour être enrôlés dans quoi que ce soit et lui était handicapé de guerre. C'était sans compter l'imagination diabolique d'un fou furieux nommé Adolf Hitler.

En 1944, mon grand-père alors âgé de seize ans se trouve au lycée. Je l'imagine marchant vers sa classe ; pense-t-il à ses cours, à ses camarades, à sa petite amie ? Pressent-il ce qui l'attend ?

Alain s'installe à son pupitre, le cours commence. On entend un vacarme dans la cour. Les bottes nazies résonnent. Le professeur dit de ne pas bouger, de ne pas s'inquiéter, que cela doit être une opération de routine. Les Allemands ne se sont pas attaqués aux enfants.

En fait ils ont encerclé l'établissement et ils pénètrent dans la salle, mitraillettes pointées vers les gamins. C'est la guerre, le Führer est en mauvaise posture sur le front de l'Est, les Alliés ont débarqué. Mon grand-père comprend-il ce qui se déroule ? Sait-il à quel point c'est sa vie entière qui va être brisée à jamais par ce moment ? Les Allemands ont une liste, ils font l'appel. Il entend son nom. Il a tout juste l'âge requis par les nazis pour combattre. Comme tant d'autres camarades, on l'enrôle de force.

Une heure plus tard il est dans un train, direction l'Allemagne. Il doit prêter serment à Hitler. Du haut de son adolescence, il répond : « J'en ai rien à foutre d'Hitler. » Puis on lui explique en allemand de cette voix saccadée, cinglante, claquante que, s'il tente de s'enfuir, on tuera toute sa famille. Lors de l'attentat manqué contre le dictateur allemand, un de ses camarades osera dire son regret que le projet ait échoué. Les Allemands l'entendent. Dix minutes plus tard, le bruit des mitrailleuses retentit, sans même une dernière cigarette.

Arnaud ignore tout du drame que traverse son fils. Il attendra des jours avant de savoir, la peur au ventre. Tragique répétition pour mon arrière-grand-père qui s'effondre, ne parvient plus à sortir de chez lui. Impuissant, il voit son fils subir, vingt ans après lui, tout ce dont il s'était juré de le protéger. Il ne s'en remettra jamais.

Moins d'une semaine plus tard, après une formation sommaire au maniement des armes dans une caserne, Alain est jeté sur le front et doit revêtir l'uniforme vert-de-gris, brassard nazi au bras. Il combat sur le front polonais, pendant la débâcle allemande. Pourrait-ce être pire ? Il connaît l'horreur, le sang, les balles assourdissantes, le froid. Il tue en criant « *Heil Hitler* ». Car c'est cela ou le peloton d'exécution et la mort de sa famille. C'est un monde inimaginable pour nous, enfants gâtés et sans guerre, âmes perdues de la consommation reine ; un monde où ne pas adorer Adolf Hitler équivaut à un suicide. On juge beaucoup quatre-vingts ans après, on n'imagine pas ce que c'était. On ne peut pas.

À bout de forces, Alain tente de déserter mais il est rattrapé par la Feldgendarmerie. Il explique qu'il s'est perdu. Les nazis sont dans une situation si désespérée qu'ils font semblant de le croire. Quelques mois plus tôt, on l'aurait fusillé.

Un soir, on lui ordonne de monter la garde devant le camp où son bataillon dort, pour éviter que les autres ne désertent. C'est sa punition suite à sa propre tentative de fuite. Il doit rester à son poste de 8 heures du matin à 6 heures le lendemain. La neige pénètre dans ses chaussures et y fond ; ses pieds s'engourdissent et se couvrent d'engelures ; ils gèlent. Littéralement. La douleur est indescriptible. Il demande qu'on le tue. On lui ampute finalement plusieurs orteils. Mais le colonel allemand l'accuse tout de même d'*automutilation*.

Alain, n'ayant plus rien à perdre, répond que c'est plutôt la faute du capitaine qui l'a laissé tenir la garde pendant vingt-deux heures dehors par moins trente degrés. On le menace du peloton d'exécution mais, perdu dans la débâcle, leur groupe est capturé par les Britanniques. On demande alors au capitaine nazi si tous ses soldats sont allemands et il répond oui. Alain, qui parle anglais, écrit une lettre pour expliquer qu'il n'est pas allemand mais alsacien, qu'il a été enrôlé contre sa volonté et il ajoute : *Je suis juif.*

Hiver 1997

À partir de mes onze ans, fin 1997, je n'ai plus vu mon père.

En 1998, mon grand frère s'est marié, et cela devait coïncider avec son départ définitif de la maison.

La dernière nuit avant son mariage, il a dormi chez nous. Nous avons fait une partie de *James Bond GoldenEye 007*. À l'époque, nous jouions encore beaucoup aux jeux vidéo tous les deux.

Même quand il devait étudier, il m'autorisait à jouer sur son vieux Mac dans sa chambre. Un jeu de Corvette dans une ville américaine. La condition était que je me taise, bien sûr, mais je n'y parvenais pas plus de vingt minutes. Il ne m'en tenait pas rigueur et nous parlions, moi dans ma Corvette, lui à son bureau, travaillant à ses exercices auxquels je ne pigeais rien.

Où se trouve aujourd'hui le vieux Mac de mon grand frère ? Qui habite notre appartement, qui a pris notre place ? Que sont devenues ces pièces où nous avons vécu et grandi ? Ces chambres où nous avons dormi ? Ce couloir où nous avons couru pieds nus ?

La veille de son mariage, nous avons beaucoup ri ensemble. Ce n'était pas dit entre nous mais je crois que nous savions que c'était la dernière fois. Ensuite, plus rien ne serait comme avant. Cette soirée était le deuil éclatant du bonheur que nous avions connu.

C'est idiot mais ce soir-là, pour la dernière fois, il m'a chanté sa chanson, celle de quand j'étais petit, que je ne parvenais pas à dormir, et qu'il venait dans ma chambre me faire un câlin pour me rassurer : « Quand je pète, plus rien ne m'arrête, quand je pète… » Et je me tenais les côtes tant je riais de voir mon frère, si sérieux et si droit d'habitude, me chanter ces paroles inventées par lui. J'en oubliais le tintement sourd de l'angoisse.

Après son départ, la maison est devenue plus silencieuse ; la deuxième manette de la Nintendo 64 restait froide. Ma mère m'a octroyé sa chambre, plus grande, et elle a pris la mienne. Cela ne m'a procuré aucune joie.

Au début mon frère a continué à venir le dimanche, pour chaque grand prix de Formule 1, puis ses visites se sont espacées. Ainsi va la vie. Je restais devant la télévision, éteinte.

2018

La semaine suivante, mon père était là en avance, au premier étage. Il n'avait pas dormi de la nuit. Je me suis assis et il a croqué dans sa brioche après l'avoir trempée dans le café. J'ai branché l'enregistreur; son regard s'est allumé.

– Mon père était très mystérieux, tu sais. Le non-dit, chez lui, c'était la façon de régler le problème.

Alain échappe à l'emprisonnement car il a dit qu'il était juif, français et alsacien. Le jour de son retour, au dernier moment, il se retrouve cependant à quai en Allemagne. Plus de place sur le navire anglais, il faudrait attendre plusieurs jours pour rejoindre l'Angleterre. Alain en est mortifié. Ce bateau, dans lequel il aurait dû initialement monter, explose et coule quelques heures plus tard, pris sous le feu d'un ultime sous-marin nazi ne laissant aucun survivant. À quels minces fils tiennent nos destins ?

En 1945, Alain revient en Alsace avec des béquilles et il s'inscrit en première année de médecine, à Strasbourg. Il ne parlera plus jamais de la guerre. On ne parle pas dans la famille, c'est comme ça. La mère de mon père, ma grand-mère, est aux prises chaque nuit avec d'abominables cauchemars. Peu importe, elle n'a qu'à boire plus de bon vin et parler à Dieu. Alain se montre odieux, tyrannique, impatient, travaillant jour et nuit sur les routes de la campagne où ils s'installent.

Un petit village du côté de Vesoul. Tombeaufontaine.

Les hivers sont rudes, les gifles faciles. Mon père me raconte qu'Alain a appris la violence avec les Allemands. Ses comportements sont le reflet de son âme détruite, de ce qu'il ne pourra jamais dire. À l'époque, surtout dans cette campagne reculée, les psychanalystes n'existent pas et le syndrome de stress post-traumatique non plus. On vit avec, ou plutôt on survit avec. Et la famille paye, la culpabilité devenant le lien familial principal, la violence son vecteur, faute de pouvoir transmettre autre chose.

– Le paradoxe de ton grand-père, me dit mon père, je vais te l'expliquer. Imagine que nous sommes en 1940, que tu t'appelles S. Soit tu es juif, et alors dans le meilleur des cas tu t'enfuis, tu n'es pas enfermé, tu te planques ; dans le pire, tu es déporté. Soit tu es alsacien et chrétien – et nous, on était alsaciens – et là tu te retrouves dans une armée que tu n'as pas choisie, à prêter serment à Hitler.

Mon père me parle comme si nous avions toujours parlé, comme si je savais déjà tout. Pourquoi mon grand-père avait-il dit qu'il était juif alors que, du peu de connaissances dont je disposais à propos de mes grands-parents paternels, il n'y avait pas plus catholique ? Raison pour laquelle ils ne répondirent jamais aux lettres de maman leur annonçant ma venue au monde ; pour eux j'étais l'enfant du mal, né en dehors des liens du mariage, responsable du divorce de leur fils et de sa première femme.

Mon père m'a parlé d'une « omerta », d'une « conversion ». Quand ? Impossible de le savoir.

Mais il a évoqué un village en Autriche dont tout serait parti et qui portait notre nom, S.

Le comble, dans l'histoire de mes grands-parents, était que mon grand-père Alain, jeune médecin, vivait dans un village rempli d'antisémites (qui n'avaient pourtant jamais vu un juif de leur vie). Quand il s'y installe avec ma grand-mère et qu'elle tombe enceinte, les gens se posent des questions : « Il y a des juifs qui s'appellent S., murmurent-ils. Sont-ils juifs, ces S.-là ? C'est notre médecin, faudrait quand même qu'on sache... »

Pour couper court aux rumeurs, ma grand-mère prend des responsabilités à l'église, qu'elle n'abandonnera jamais. Et Alain répète à tous que c'est bien normal qu'ils s'appellent S. mais qu'ils ne sont en aucun cas juifs. « Simplement, raconte-t-il au troquet du village entre deux consultations en avalant son café, à l'époque où nous sommes arrivés en France, il y a bien longtemps, nous n'avions pas de nom, comme beaucoup de vignerons. Alors nous avons pris le nom de notre patron en Autriche-Hongrie, et ce patron s'appelait S. Comme le village où nous sommes nés, et je peux vous dire que là-bas il n'y avait que des bons chrétiens. »

D'après mon père, c'était en fait l'exact inverse : lorsque ces vignerons juifs arrivèrent en Alsace, on leur demanda d'où ils venaient et, quand ils répondirent, on leur donna ce nom : S.

À écouter le récit de mon père, au XXe siècle l'ombre du judaïsme n'avait jamais été loin de mon grand-père, et de notre famille, comme un spectre qui le poursuivait malgré lui. J'y retrouvais une explication à mes propres ombres et ma passion inexpliquée pour la culture judaïque.

Mon père m'en a donné quelques exemples. Il m'a raconté les années 1930 dans le petit village d'Epfig où la famille vivait alors. Arnaud, mon arrière-grand-père, très proche du rabbin du village, assistait aux offices de la synagogue.

En 1939, quand la guerre avait éclaté, mon grand-père Alain, qui n'avait que treize ans, s'était rendu à la synagogue du village. Seul et sans rien en dire à personne, il avait caché les Tables de la Loi, pour que jamais elles ne tombent entre les mains ennemies.

Mon père avait gardé en mémoire un souvenir plus troublant encore. Cette découverte qu'il avait faite dans le garage de son père. Pendant la guerre des Six-Jours, en 1967, mon grand-père Alain y avait affiché une carte d'Israël ; il y marquait avec des épingles l'avancement de l'armée israélienne.

– C'était sa culpabilité qu'il affichait sur cette carte, m'a dit mon père.

Découvrant ladite carte, ses fils, mon père en tête, brisèrent le silence et lui demandèrent s'ils étaient juifs.

Alain répondit simplement :

– Nous sommes des convertis, comme un certain nombre.

Et il ne dit plus jamais un mot à ce sujet. Mon grand-père avait le sens du suspense.

1er mai 1994

À 14 h 18, le 1er mai 1994, Ayrton Senna perdait le contrôle de sa monoplace, qui quittait la piste à 305 km/h, partant tout droit dans la courbe ultra-rapide de Tamburello avant de percuter un mur de béton dans un choc à haute vélocité (212 km/h lors de l'impact). La télémétrie révélerait que Senna avait freiné fort puis, au dernier moment, accéléré pour tenter, en vain, de se mettre en travers et amortir le choc.

Senna reçut rapidement des soins d'urgence à même la piste, avant d'être héliporté vers l'hôpital Maggiore de Bologne. Deux heures après la collision, son état était très critique : coma profond, front enfoncé, multiples fractures. Notre héros fut transféré à l'hôpital Bellaria, spécialisé dans la neurochirurgie, où l'on devait tenter une opération du cerveau, qualifiée d'opération de la dernière chance, qui serait finalement rendue impossible du fait des lésions généralisées à tout le crâne.

Son décès fut officiellement prononcé peu après 18 h 30.

La cause directe de la mort de Senna résulte d'une circonstance malheureuse ; en effet, sous la violence du choc, le triangle supérieur de sa suspension avant droite s'était brisé et était allé frapper, tel un sabre, la visière de son casque. Selon l'autopsie, cette pièce aurait perforé le visage de Senna sous l'arcade sourcilière droite et provoqué des lésions irréversibles dans le cerveau ainsi qu'une forte hémorragie. Le reste du corps était en parfait état. Cela signifiait qu'il n'avait pas un os brisé. Pas un bleu. Que si cette pièce d'assemblage était passée 15 cm plus haut, ou 15 cm plus bas, il aurait regagné le paddock à pied.

Qui décide du destin, qui choisit : « Je te donne les centimètres » ou « je te les prends ». Que serait-il advenu si ces quelques centimètres avaient été de son côté ? Et si Senna avait vécu, combien d'années aurait-il encore couru en Formule 1 ? Aurait-il gagné d'autres titres ? Et mon grand frère, du coup, serait-il resté plus longtemps à la maison ?...

My dear cousin,

Tu me manques énormément. Tu sais, j'ai vu Titanic. *J'ai beaucoup pleuré quand Leonardo DiCaprio meurt et aussi quand la mère et l'enfant meurent gelés. Au fait l'as-tu vu ? je t'aime très fort.*

Jane.

PS : Embrasse ta maman pour moi. Je vais porter des lunettes.

1994

Dans le livre *L'Enfance des grands* paru en 1994 et écrit par un ami pédiatre, mon père est interviewé avec d'autres personnalités, notamment Françoise Sagan. Que nous étions fiers, avec ma mère.

Je me suis souvent référé à ce livre quand mon père me manquait. J'attrapais l'ouvrage dans la bibliothèque de maman. Les passages consacrés à mon père étaient surlignés. En lisant sa vie et son enfance, j'imitais sa voix rauque, baissais les yeux, fronçais les sourcils, et c'était comme si c'était lui qui me racontait.

« L'éducation que j'ai reçue était tout à fait rigide et autoritaire, disait-il. Mon père était particulièrement sévère sur la politesse ou la turbulence. Nous devions nous y soumettre [...]. Mes parents étaient très catholiques, allaient à la messe... Ils vivaient la religion non comme un épanouissement, mais comme une bouée de sauvetage. »

Plus loin, il évoquait encore son père, sa violence, au sujet de sa première petite copine : « À propos de cette petite amie, mes parents ont été franchement odieux. “Cette fille était la honte”, disaient-ils. Mon père m’a frappé comme il faisait parfois, genre “correction”. Il a fait des choses particulièrement humiliantes, jusqu’à recoller des morceaux de lettres que j’avais déchirées. Puis cette fille est partie. »

« Un jour, mes parents se sont absentés de la maison et – il a dû se passer quelque chose – ils ne revenaient pas. Je n’avais pas de notion de l’heure mais je les ai attendus derrière une fenêtre avec énormément d’angoisse, bien qu’il ne fût pas tard. Mon père avait dû avoir un petit accident. J’avais une sorte de perception intuitive, d’ondes qui me prévenaient que quelque chose s’était passé. Cette idée de la mort de mes parents me marquait beaucoup ; j’avais une notion très forte du deuil et de la disparition mais il n’était pas question de m’en ouvrir à qui que ce soit. Car mon éducation m’apprenait essentiellement à me taire. Il était donc difficile de m’exprimer avec lui. Je lui parlais beaucoup mais il ne me répondait pas. […] Par rapport à mon père, quand il exerçait son métier de médecin de campagne la nuit, j’avais toujours le fantasme de l’agression. L’angoisse me tenaillait, je ne pouvais me rendormir qu’à son retour. Je peux décrire tous les bruits qu’il faisait en partant : les portes qu'il refermait, la voiture qui démarrait, le demi-tour... Quand j'avais vingt-quatre ans, pendant quinze jours, je l'ai remplacé et je sortais la nuit comme lui. J'ai refait les mêmes gestes que lui et je pensais à lui. C'était ma façon d'essayer de le comprendre, de le ressentir... »

Aujourd'hui il n'y a que ma mère qui possède encore un exemplaire du livre. Il est épuisé. Même mon libraire Olivier, qui pourtant est capable de vous trouver à peu près n'importe quel ouvrage, s'est avoué vaincu.

L'auteur du livre consulte encore, paraît-il, de l'autre côté du jardin du Luxembourg. Je traverserai un jour, pour lui dire combien son livre a compté pour moi.

Je n'avais pas parcouru ces pages depuis mon enfance ; à vrai dire, je les avais oubliées. J'y lis nos points communs, notre sensibilité partagée, nos angoisses sœurs. Je me demande si notre terreur mutuelle ne vient pas de là ; je veux dire que peut-être nous étions des miroirs et que l'absence était le cri, le cri que nous poussions en nous regardant l'un l'autre.

Et cette violence, cette violence dans laquelle il a grandi, ce silence (« mon éducation m'apprenait essentiellement à me taire »). Ces images calment l'enfant que j'étais, le placent dans une histoire plus large, et le fait d'être dépassé par elle adoucit son regard. Je pense à mon père et à tout ce récit dont je sais encore si peu de choses ; et qu'il a dû apprendre à être père avec ça, malgré ça. Qui me dit que je ferai mieux ? En vérité, on fait tous comme on peut, on tâtonne dans l'obscurité avec nos blessures, on trébuche ; on essaie de vivre.

Paris, samedi 18/07/1998

Bonjour, mon petit loup !

Ta voix au téléphone est toujours aussi adorable et m'a rappelé, s'il en était besoin, que tu nous manques beaucoup à tous !

Natacha trouve que mes câlins et mots doux ne valent pas les tiens, Françoise estime que tu es plus attentif que moi à ses positions artistiques, étendue dans son panier, elle essaie d'attirer mon attention en faisant des V avec ses pattes (V comme Victoire) ! ! Ça me fait penser que je t'ai acheté ton exemplaire de Bonjour tristesse *et que je crois que tu devrais le lire !*

Hier soir mon amie Martine dînait à la maison et n'a pas pu s'empêcher, en parlant du fils d'une de ses amies d'enfance, de le comparer à ta frimousse, tu vois, même sans toi, tu es toujours là !

Paris est très calme, les touristes reviennent sans le Mondial, et peut-être qu'enfin le soleil montrera le bout de son nez demain.

Aujourd'hui samedi, il fait un peu plus chaud 24 degrés environ, mais les nuages disputent la place au soleil.

Profite bien de l'océan, de la plage et de la tendresse de ceux qui t'entourent.

Je te garde le Paris Match *spécial Mondial avec Zidane et les Bleus et « Détesté » Jacquet en vedette.*

Ton frère a les photos du mariage, vous êtes adorables !

Toute la tendresse du monde et mon Amour pour l'un de mes deux fils chéris,

Maman.

Dans *Des hommes qui fuient*, mon roman raté, le héros se rendait à S. en Jaguar F-TYPE, à 300 km/h le long des routes allemandes.

En réalité, j'avais loué une Twingo et, même sur ces routes à vitesse illimitée et en descente, je n'ai pas pu dépasser les 140 km/h.

Le personnage principal, Lucas, est accompagné d'un petit garçon qui se nomme Tino. Il l'a rencontré suite à un rebondissement rocambolesque. Tino est en fait le petit-fils de Lucas, l'enfant du fils qu'il n'a pas reconnu. Or celui-ci a essayé de se suicider en sautant du haut de l'Acropole (c'est l'ouverture du roman). Bien sûr, depuis il est dans le coma, et on se demande bien comment il n'est pas mort tout de suite.

Ce petit garçon, Tino, était donc là sur la route avec Lucas. Mais j'étais moi-même dans une telle fuite et un tel déni que je ne m'en suis pas rendu compte.

Dans le roman, le personnage de Tino n'a aucune consistance et sa seule caractéristique est de zozoter. Je n'ai pas vu jusqu'à ce jour à quel point Tino c'était moi, ce petit garçon dont me parlait mon éditrice. Le fils sans mémoire.

2018

La canicule qui sévit à S. carbonise chaque centimètre de ma peau. Je reste de longues minutes assis sur le bord du lit, le regard tourné vers la fenêtre, comme attendant que quelque chose éclate, s'abatte sur moi.

Le visage poisseux, moite, je finis par descendre à pied depuis l'hôtel, en longeant des vignes en terrasses, pétrifiées de chaleur, bordées de murets en pierre qui découpent avec élégance les coteaux ; le soleil voilé dépose des touches dorées sur le sol.

Le haut du village est constitué d'entrepôts de vin et d'outillage pour les vendanges. Dans le centre, les rues sont piétonnes et pavées. Toutes les maisons sont propres et entretenues, avec arcades et balcons, aux couleurs vives, jaune, mauve, marron clair. La moindre fenêtre est pourvue de fleurs roses ou rouges, dont aucune n'est fanée. Pas de linge aux volets, pas de petite chaise devant les portes. Il n'y a pas un bruit. Un instant j'imagine que les maisons sont en carton-pâte, qu'elles ont été créées de toutes pièces pour me faire croire que S. existe.

Au loin, en contrebas, je distingue le Danube et les montagnes. L'eau semble verdâtre, vue d'ici. C'est à la fois apaisant et menaçant.

À l'extrémité de la place du village se dresse une grande église, d'aspect assez moderne, grise, avec une tour centrale au toit très pointu, des tuiles noires et une horloge bouge monumentale. Au centre se tient une fontaine, dont la bouche au milieu d'un grand bac à fleurs roses crache un mince filet d'eau. Son ruissellement harmonieux vient caresser l'oreille et apporter un peu de réconfort à mes jambes calcinées par le soleil. Une statue de dieu grec domine le haut de la fontaine. Un très grand arbre aux épaisses branches, aux feuilles d'été bien vertes, procure le seul espace d'ombre. Un banc entoure son large tronc. Devant chaque porte, un Christ géant crucifié sur sa croix.

Dans une rue débouchant sur la place, je distingue un panneau indiquant des travaux; peut-être y trouverai-je âme qui vive et qui pourrait me donner des informations sur l'histoire du village ou m'indiquer un office du tourisme, ou au moins me confirmer qu'il y a bien des êtres vivants par ici.

Une fois devant la maison grise, pas un bruit. Je pousse une porte cochère; une cour intérieure laisse voir des échafaudages bien présents, des bétonnières. Mais pas un homme. Comme si tout était resté en l'état, figé dans le temps par une sorcière maléfique.

Je retourne vers mon banc. Une vieille dame s'est assise, haut rose et pantalon blanc, lunettes de soleil sur le nez. Sur le dos, malgré la chaleur écrasante, elle porte un gilet gris en poil de chèvre.

Elle se lève, fait quelques pas, et s'effondre sur moi.

– *Entschuldigung*, marmone-t-elle en me postillonnant dessus.

Elle s'accroche à mon épaule. Elle a des ongles très longs. Je sens sa peau collante et humide contre la mienne. Je l'aide à se rasseoir sur le banc. D'un air un peu dur, de son haleine aillée, les lèvres tremblantes, elle me dit un mot qui signifie, je crois, que ça va aller. Elle téléphone à quelqu'un. La sueur dégouline le long de mon front.

Plus tard, je finis par trouver l'office du tourisme et quelques prospectus. La dame à l'accueil parle français et m'indique une boutique. D'après elle, il est possible que j'y trouve deux vieux livres racontant l'histoire locale, édités en petit nombre à compte d'auteur. Un vieux fou du village décédé l'an dernier les avait écrits mais il avait demandé à être enterré avec ses exemplaires.

– Il est possible que ces ouvrages aient disparu à jamais, conclut-elle d'un air mystérieux.

Bonjour mon chéri !

Déjà plus d'une semaine sans ta frimousse dorée, sans tes câlins, sans tes bisous et tes éclats de rire, pas de bruits de moteurs dans ta chambre ! J'ai hâte de te retrouver et de ne plus te quitter ! Vivement la rentrée, je t'attendrai vendredi à Orly le cœur battant. Je garde précieusement ta Ferrari et je roule un peu en LAMBORGHINI !!!

Je t'aime très fort, ta maman.

2018

Ce magasin est le lieu le plus étrange qu'il m'ait été donné de voir. La devanture est vert anisé et il est écrit « Bücher – Papier – Geschenke ». Dès l'entrée, on se retrouve plongé au cœur d'un bric-à-brac informe. D'abord un musée de nains de jardin, de toutes les couleurs, puis des chocolats, puis des grenouilles géantes en porcelaine avec une longue langue, mais aussi de toutes petites grenouilles vertes, des chiens et des chats en plastique qui s'embrassent, des magazines des années 70 avec des chanteurs allemands aux cheveux blonds et longs, de fausses plantes vertes, des cartes postales avec des filles nues, des sacs Marilyn Monroe et des portefeuilles représentant Hitler sanguinolent, un couteau dans la gorge.

Des cartes du village ainsi que des dépliants et autres prospectus sont posés sur la table près d'une caisse antique au clavier noirci par la poussière.

La dame qui tient le magasin est une femme très souriante, d'une soixantaine d'années, aux cheveux courts et aux petites lunettes d'écaille rouge, de la même couleur que son débardeur.

Je lui explique en anglais la raison de ma venue. Elle fait la moue en lançant un jet de salive au sol. Puis elle me tend les dépliants, les cartes, me montre le château à visiter... Je tente de lui parler de mon grand-père, de notre famille. Elle réfléchit un instant, crache à nouveau, et finit par me dire qu'elle a peut-être quelque chose pour moi. Elle disparaît dans l'arrière-boutique puis revient avec ce qui ressemble à deux livres très anciens. Elle souffle dessus, les époussette, tousse... D'après elle, le vieux fou avait oublié qu'elle les avait conservés. De toute façon, me dit-elle en anglais, ces livres n'intéressent personne et les autres exemplaires sont enterrés avec lui.

– *Memories die and young people don't want to live here*, me dit-elle d'un air désappointé.

Les deux « grimoires », c'est le mot tant ils sont d'un gris sale, reprennent toute l'histoire du village depuis mille ans. Elle me propose de me les prêter une journée ou deux, car elle ne les vend pas, le temps de s'y plonger ou de les prendre en photo, puis il faudrait les lui rendre. Je suis impressionné par sa confiance ; prêter ses deux derniers bouquins reprenant l'histoire de son village à un parfait inconnu... Pour un Français, c'est pure folie. Je promets de lui restituer les ouvrages dès le lendemain, puis je lui achète de nombreuses cartes postales, des livrets du village, des photos…

Je remonte la rue par laquelle je suis venu, qui est en fait la rue principale, la *Schlossgasse*. D'après le plan que je viens d'acheter, elle mène à un hôtel et aux ruines du château.

Le « Hinterhaus » est juché sur la falaise et domine la vallée entière. Ce château sans roi semble à la fois désespéré et majestueux, perdu dans les hauteurs. Le soleil disparaît un instant. Le Danube, en contrebas, semble entre parenthèses, comme en attente de quelque chose qui n'arrivera jamais. Il paraît s'écouler indéfiniment, grand et sombre, strié par les crêtes de ses flots verts ou marron ; quelle est cette eau qui n'est pas celle de la mer ? Quelle noirceur cache-t-elle au fond, quelle angoisse, quel manque, quelle pourriture, quels monstres du loch Ness ?

D'un rapide mouvement, le soleil reprend sa place. Et l'eau du Danube redevient bleu azur, eaux de paradis, eaux de diamant. Un très long bateau à touristes n'en finit pas de voguer sur le fleuve. Mais il est vide.

2000

Pendant mon adolescence, je n'ai vu mon père qu'une fois.

Notre relation à cette époque de ma vie me semble si floue que je suis à nouveau obligé de me référer à sa fiche Wikipédia et aux dates de ses émissions pour m'y retrouver.

J'avais seize ans. C'était en 2002, je crois. Non, Wikipédia dit 2000. J'avais donc quatorze ans et pas seize.

J'étais perdu au cœur de l'enfer adolescent. J'avais envie de le voir seul, de lui parler. Je rêvais d'un déjeuner, d'un tête-à-tête. Il ne m'avait offert qu'une place dans le public de sa nouvelle émission, une version télévisée de celle de radio, « Loveline », qui serait diffusée sur internet.

Rendez-vous m'avait été donné dans son nouvel appartement, près des Tuileries, où son cabinet était installé.

Ma mère m'a conseillé de venir avec un journal, car cela faisait « bien » d'avoir un journal à la main. C'était comme de regarder dans les yeux. Je n'ai jamais compris pourquoi, mais j'ai acheté *L'Équipe*.

J'ai sonné, la porte s'est ouverte et je me suis retrouvé debout dans un grand couloir tel un arbre mort. Des gamins jouaient à terre sur un tapis blanc. Je savais, en lisant la presse, que mon père avait donné naissance à d'autres enfants depuis l'appartement du grand boulevard. Était-ce eux ?

Mon père a fait entrer dans son bureau un autre enfant qui pleurait à petits cris aigus. Sa mère est sortie des toilettes et elle a dit « Bonjour, docteur » d'un air obséquieux. Des femmes enceintes patientaient sur un canapé en cuir noir.

Mon père avait son portable à la main. Il m'a fait un signe de loin, a bégayé quelques mots, en tortillant une Marlboro entre ses doigts.

Puis sa femme, ma belle-mère Ariane, est arrivée par une porte, de l'autre bout du couloir, avec d'autres enfants. Elle m'a conduit dans la partie privée de l'appartement. Elle fumait.

Il y avait mon petit frère de 1996, mon nouveau petit frère inconnu de fin 1997 et ma petite sœur qui venait de naître.

Je n'avais pas en tête les prénoms. Heureusement mes deux frères aînés étaient là et, bien que nous n'ayons pas grand-chose à nous dire, ils représentaient au moins deux minces repères dans ce monde obscur, dont je ne connaissais rien.

La voiture a démarré en direction des studios en banlieue, c'était ce même monospace américain mais le nouveau modèle. L'émission m'a semblé durer dix ans. Mon père était fier de montrer à tous ses « six enfants ». Il me tenait par l'épaule d'une main molle en me présentant à son producteur.

Puis il m'a ramené chez ma mère. Aucun mot n'a été prononcé.

Pourquoi le silence ?

Pendant vingt ans, cette question m'a obsédé, m'empêchant de dormir.

Je savais qu'un jour, un de ces jeudis matin d'entretien, j'aurais pour la première fois la force de poser cette question à mon père.

Un jour que je repoussais.

2018

Mon père m'a révélé un jeudi que ses parents n'avaient jamais évoqué en sa présence son émission de radio. Vers 1994, au pic du succès, quand elle a atteint 8,7 points d'audience, ils furent certainement les seuls à ne pas en parler en France.

Eux, les catholiques très pratiquants, avaient un fils qui libérait la parole des adolescents sur tous les sujets interdits au village : le sexe, la drogue, la capote, le sida, le cunnilingus. Leur fils était devenu un scandale vivant, un objet de foire, une bête médiatique.

Devenir le confident des jeunes, n'était-ce pas une manière de se parler à lui-même, de s'offrir l'écoute qu'il n'avait jamais eue, de faire cesser le silence ? Par le vacarme médiatique, de faire entendre à ses parents qu'il existait ?

En tapant son nom et celui de l'émission sur Google, je trouve des images qui m'avaient échappé jusqu'à ce jour. L'extrait dure trente secondes. Nous sommes dans l'émission « Hit Machine » sur M6 en 1994. David, le co-animateur, et mon père sont invités (sans doute pour faire la promotion de leur émission). David a des jumelles géantes et il cherche un homme dans un public en furie. Pendant que les filles hurlent, il dit :

– Je suis à la recherche du Doc, vous savez, c'est un vieux monsieur aux cheveux blancs…

Une voix lui répond en criant :

– Hé, je suis là ! Ho ! Ouais, je suis là ! Regarde, oui, je suis là.

Et, oui, il est là, veste noire, tee-shirt blanc, cheveux longs, jean bleu, grosse ceinture, boots noires ; on ne voit que lui, entouré d'adolescentes. Elles poussent des cris aigus dans un brouhaha insensé. La caméra tente de se fixer, l'image bouge un peu. Il poursuit, micro à la main, d'une voix un peu forcée, comme le font les gens à la télévision.

– Oui, je suis là, et on s'éclate et on danse sur une musique que j'adore, et en plus, David, je suis entouré de plein de jolies filles ; regarde un petit peu, je suis sûr que tu es jaloux !

Il tend alors le micro à l'une d'elles.

– Comment tu t'appelles, toi ?

– Anoury, dit la pauvre fille dont on ne verra jamais le visage, caché derrière une forêt d'ados.

– Tu t'amuses, là ?

Mais elle ne comprend pas la question et répète son nom, croyant qu'il lui a redemandé.

– Anoury !

Puis mon père interroge une autre fille. Elle se présente : « Nora », mais on ne la verra pas non plus. Lui-même peine à rester dans le champ de la caméra et à ne pas finir englouti par la foule.

– Regarde, David, elles sont mignonnes, elles dansent avec moi et je m'éclate vraiment, s'égosille-t-il.

À première vue, l'extrait se termine très vite et on ne voit pas le visage de mon père, je veux dire le détail de son expression à cet instant précis. Mais en appuyant sur « pause », je parviens à isoler la toute dernière seconde sur son visage, la vidéo YouTube se fixe sur lui et je clique sur « plein écran ». À bien l'observer, je remarque que son sourire est un masque. Je vois à quel point ces gens qui l'entourent, qui veulent le toucher, lui parler, ne sont au fond, comme la célébrité, qu'une manifestation intime de sa fragilité. À y regarder de plus près, il y a quelque chose d'adolescent dans le regard de mon père, luciole plongée dans un bain de lumière, rêvant que son propre père le regarde enfin. Je prends en photo cette image comme pour garder une vignette de lui, pour m'éclairer, pour comprendre ; ces cheveux gris-blanc, ses lèvres fines, son front large, son nez qui ressemble tant au mien, ses yeux blessés, cette fragilité intime, non dicible, ou plutôt cette sensibilité qui nous unit; et derrière cette photo volée à la vie médiatique, comme une pleine lune se dessine à l'orée du ciel, un homme m'apparaît; un homme au regard perdu m'apparaît et je me dis que, cet homme, c'est mon père et que, cet homme, c'est moi.

Il ne faut pas croire, j'ai peur d'être comme lui. Peur de ne pas réussir à dire, peur de n'être pas capable d'exprimer ce que j'ai à l'intérieur. Peur de ne pas savoir aimer.

Un soir de printemps, au carrefour de l'Odéon, ma petite amie m'a dit :

– Tu ne montres rien. Je ne sais pas ce que tu ressens. Je ne sais pas qui tu es.

Je me suis tassé sur moi-même. J'ai bredouillé mais rien n'est venu. L'air était doux. Les jours rallongeaient et il y avait encore un peu de lumière. Je me suis arrêté un instant face au flot incessant des voitures. Comme je ne disais plus rien, elle s'est arrêtée aussi. Instant capturé, silencieux, au milieu des gens qui marchaient, de ceux qui attendaient devant le métro, de ceux qui allaient au cinéma, de ceux qui s'embrassaient. Elle m'a pris la main.

– Tu ne veux pas me dire une chose sur toi, une chose qui vient de là, a-t-elle dit en me touchant le cœur, et pas de là, a-t-elle conclu en me caressant la tête.

Était-ce la trêve mélancolique d'un soir d'été ou son amour qui m'a permis de lui parler enfin ? J'ai senti cette sensation de brûlure ; celle qui m'empêche ; dans la gorge, la soif d'amour. Mais je ne me suis pas arrêté.

Je lui ai raconté que, lorsque j'étais enfant, ma gorge se nouait. Les mots ne sortaient plus, je m'étouffais. Il suffisait que j'aie à entendre la voix de mon père au téléphone pour que l'angoisse m'envahisse. Ou bien était-ce ma propre respiration, si semblable en ces instants au râle d'un vieux chien, qui m'effrayait. À l'école, quand je devais prendre la parole, ou au sport, partout, j'étais hanté par une conviction inaltérable : le monde ne m'aimait pas. Je ne valais pas assez pour être reconnu de lui. Ma sensibilité était si exacerbée que le moindre mot, le moindre geste me faisaient vaciller. Pendant des années, j'avais combattu cette violence intérieure. Pour m'aider je convoquais toujours Batman, je m'imaginais comme sa Batmobile dans le film de Tim Burton : la chauve-souris actionne la télécommande de sa monture et elle se couvre d'une armure qui résiste à tout, même aux feux et aux explosions. Je ne sais pas précisément quand, mais un jour cette armure avait été opérationnelle. Devant les autres, je donnais à voir le visage que je choisissais. Je ne ressentais plus rien.

2000-2003

Je n'ai pas envie d'écrire sur la période qui court de mes quatorze ans à mes dix-sept ans.

Sans doute parce qu'elle fut la plus douloureuse.

Avec ma mère, il a fallu quitter l'immeuble où j'avais grandi. Elle a trouvé un autre appartement. Dès la première seconde, je l'ai haï. Un premier étage sans lumière.

Cela a coïncidé avec la mort de la chienne, notre dernière danoise, Françoise (baptisée ainsi par ma mère en hommage à Sagan). La mort d'un chien peut sembler anecdotique. En réalité, quand le chien de la famille meurt, il emporte une partie de la mémoire familiale avec lui.

La mort d'un chien, c'est toujours la fin d'une époque. Nous n'avons plus jamais eu de danois.

Je me souviens de cette pauvre Françoise, à la fin, gisant à terre, épuisée, ne pouvant plus se lever. Son arrière-train avait cédé. Il ne lui restait que la peau sur les os, elle vomissait. Pourtant dans sa tête haute elle gardait cette noblesse que j'aimais tant chez elle, cette forme d'élégance.

La chatte de mon grand frère, Natacha, est morte aussi, à dix-huit ans. Natacha lui avait été offerte par mon père au temps de l'idylle avec ma mère. C'était une chatte siamoise au caractère bien trempé qui m'avait nombre de fois attendu, perchée sur un placard derrière une porte, pour mieux me sauter dessus et me griffer. Elle n'hésitait pas à insulter de sa voix rauque tout intrus approchant de trop près son territoire.

Pourtant je l'aimais comme jamais je n'ai aimé un chat.

Sa présence après le départ de mon grand frère me rassurait. Avec elle et Françoise disparaissaient les derniers vestiges de notre vie tous ensemble. Avec elles, mon enfance rendait son dernier souffle.

Ma mère, les premiers temps, jouait la comédie, se maquillait beaucoup. Elle voulait faire comme si rien n'avait changé, comme si la vie était encore facile et légère, l'appartement toujours aussi grand. Comme si je ne pouvais pas voir les bouteilles de Shalimar vides et qu'elle remplissait d'huile d'olive en cachette, ou les huissiers qui tambourinaient à la porte pour loyers impayés.

L'été 2000 a fait voler son théâtre en éclats. Elle a raté un virage et sa voiture s'est éclatée contre un arbre.

Pendant de longs mois, elle s'est retrouvée en chaise roulante, la mâchoire immobilisée et ne pouvant se nourrir que de liquide. Elle n'a plus pu travailler. Elle me raconterait bien plus tard qu'à cette époque elle avait failli se donner la mort dans l'escalier avec son fauteuil roulant. Puis elle avait pensé à moi.

2018

Le soleil perce les nuages et la petite route montante du village de S. se perd en serpentins, au milieu des écrins de vignes vertes qui partout abondent, les vergers d'abricotiers et les collines couvertes de forêt.

L'hôtel se situe tout en haut, comme perché dans les cieux, une vieille et grande bâtisse jaune entourée de ceps et de lauriers roses. Les escaliers sont blancs. Chaque tuyau d'arrosage est parfaitement enroulé, les tables et les chaises d'extérieur sont installées et propres, l'herbe fraîche est coupée au cordeau. Une dame joufflue, aux couettes blondes tombant sur sa robe rouge, m'installe dans une chambre au dernier étage.

La pièce offre une vue plongeante sur les collines alentour. Aucun autre bruit que celui des oiseaux et de l'été. Elle est spacieuse, avec cuisine américaine, moquette verte, tables en bois clair, canapé orange. Plusieurs Velux laissent entrer dans la chambre une lumière blanche. Un paysage de vignoble occupe une grande partie du mur, face aux deux lits simples, côte à côte. Sur ce tableau, le ciel est à la fois noir et orangé ; des lueurs rousses percent par endroits. Les pieds de vigne semblent avoir été taillés pour des géants. Ils prennent toute la place, ils captent la lumière. Ils dévorent le regard.

Sur des étagères de bois, des fleurs artificielles et des grenouilles roses en porcelaine s'amoncellent. Au centre de la pièce, un nain de jardin, à rictus prononcé et longue barbe blanche, me fait face. Je sursaute en découvrant juste à côté un lapin empaillé tandis que mon portable se met à vibrer.

Alléluia.

Mon éditrice connaît une traductrice de l'allemand, elle m'envoie son numéro.

La dame s'appelle Laurence. Dans la salle de l'hôtel qui fait office de cybercafé, j'annexe le scanner pour lui transférer mes grimoires.

À la fin de la journée, j'ai envoyé l'intégralité des quatre cents pages couvrant plus de mille ans d'histoire du village de S. La nuit tombe ; mes mains sont noires de poussière.

2001

De l'arrêt de « Loveline » en 1997 au mois de janvier 2001, mon père n'a plus présenté d'émission de radio.

Moi qui vivais au rythme de sa voix, je perdais mes repères. Avant, à son ton, j'imaginais sa vie : Allait-il bien ? Était-il en bonne santé ? Pensait-il à moi ?

Sa voix me manquait.

Vers quinze ans, le manque est devenu plus fort. Mais paradoxalement ma colère s'est transférée sur ma mère : je la rendais responsable de la situation. J'estimais que c'était sa seule faute si je n'avais pas de père. Je voulais connaître le moindre détail de leur relation, trouver des explications et des remèdes à l'absence ; j'étais comme un procureur dans un procès.

2018

Quelques jours après mon retour de S., j'ai fait la rencontre de Laurence, la traductrice, au café de la Paix à Opéra. Elle m'a tendu une liasse de papiers. Elle avait extrait des grimoires la substantifique moelle de l'histoire du village, à partir des mots-clés que je lui avais transmis : « juif », « vignes »... Et plus généralement tout ce qui pouvait tourner autour de la fuite et du drame, pour vérifier les dires de mon père.

Laurence a commencé à me lire ce qu'elle avait traduit :

« La présence de vignobles à S. est établie dès 470 ap. J.-C. La culture de la vigne a été apportée par les Romains dans la vallée du Danube [...]. La vigne, dès le IXe siècle, joue un rôle économique de premier plan. [...] Un certain nombre de noms de famille sont directement hérités du XIIIe siècle avec, dans leurs composantes, directement le nom du lieu, par exemple *Heinrich in der S.* pour "Heinrich du village de S."... »

Mes ancêtres s'appelaient donc bien S. parce qu'ils venaient de S. ; mon père avait raison.

Laurence a poursuivi :

« Les juifs de S. étaient très impliqués dans le commerce du vin et possédaient de nombreux biens immobiliers [...].

» Pour autant, tout changea en 1670 pour les juifs de S. C'est à cette date que l'empereur Léopold d'Autriche proclama un ordre d'expulsion pour les citoyens juifs de S. Après 1670, ils ne figurent plus dans le cadastre de la seigneurie. La plupart, vignerons, se sont installés dans le sud de la Moravie, mais aussi en France, en Alsace. »

Mon père disait donc vrai là aussi. Nous avions fui, dès 1670.

Quand nous nous sommes revus la semaine suivante au même café, Laurence m'a raconté l'histoire du Juif errant, ce mythe colporté depuis le Moyen Âge, qui s'appuyait sur le récit de la vie d'un cordonnier de Jérusalem, Ahasvérus. Il avait craché sur Jésus pendant le chemin de croix et lui avait refusé son aide. Il avait alors été condamné à l'errance éternelle. Cette légende justifierait aux yeux de leurs auteurs l'antisémitisme. Les juifs seraient maudits et toutes les formes d'exclusion dont ils seraient les victimes seraient justifiées par l'attitude des juifs de Jérusalem à l'égard de Jésus. Le mythe du Juif errant s'inscrivait dans un dispositif qui intégrait la trahison de Judas et les conditions du procès de Jésus.

« Juif errant » a résonné de longues minutes dans ma tête, de ces mots miraculeux et mystérieux qui sonnent si juste qu'ils en ouvrent des portes que l'on croyait à jamais closes.

« Juif errant »...

N'est-ce pas notre point commun d'avoir pendant vingt ans erré, avec mon père, dans notre relation, tels deux fantômes ?

– Notez aussi, mais c'est lié, que c'est un village de survivants, a poursuivi Laurence. En 1620 d'abord, à une époque où vos ancêtres devaient encore y vivre : « 1620 est une année marquante pour S. Le 20 mars, des soldats entrent dans S. et pendant quatre jours saccagent les maisons, menacent la population. Ils pillent et brûlent de nombreux bâtiments et biens de la commune. Le château Renaissance et l'église du château ont aussi disparu dans les flammes, comme l'ensemble du village. Fin 1620, la population qui avait fui S. lors des pillages et de l'incendie commence seulement à regagner la ville. La reconstruction débute immédiatement. »

Les images défilent sous mes yeux, sans que je puisse les stopper. Toutes ces pierres qui suent la douleur. Je les vois, ces soldats armés jusqu'aux dents, les fourches de feu à la main, incendiant les chaumières, violant les femmes, terrorisant les habitants. Comment ceux-ci ont-ils fui, comment sont-ils revenus ? S'ils ont dû partir à nouveau cinquante ans plus tard, comment l'ont-ils vécu ? Quelles marques indélébiles, indécelables à l'œil nu, cela a-t-il pu laisser dans leur chair et leur âme ?

De cela, le livre ne dit rien.

D'autres images ont suivi, comme si ce village était marqué d'un sceau de malheur. « En 1672, un nouvel incendie détruit une grande partie de la commune. L'incendie s'est déclenché dans la maison du boulanger. Au fil des ans, S. n'est pas non plus épargné par les catastrophes naturelles. De fortes inondations du Danube se sont produites en 1570, 1656, 1660. La plus forte s'est déroulée en 1682. En outre, depuis 1678, des épidémies de peste étaient rapportées en Basse-Autriche. L'épidémie a touché S. à l'été 1680 : du 5 août au 2 décembre 1680, 149 habitants, soit la quasi-totalité de S., meurent de la peste. Trente-trois ans plus tard, en 1713, S. est de nouveau touché par la peste, et 73 personnes meurent. »

Comment les membres de la famille S. ont-ils vécu ces drames ou y ont survécu ? Et s'ils sont partis en 1670, qu'en ont-ils su ? Comment l'information se transmettait-elle à l'époque ? Ces êtres humains ont-ils appris un jour que leur village, qui avait déjà été détruit, qu'ils avaient reconstruit, a à nouveau été rayé de la surface de la terre ? Qu'il ne reste rien de ce qu'ils ont connu et aimé, que leurs vignes ont été réduites en cendres. Se sont-ils dit que, s'ils avaient encore vécu en ce lieu, ils seraient sans doute morts ?

Et nous, aurions-nous existé ?

Les grimoires se sont refermés, Laurence est repartie.

J'ai de nombreuses fois parcouru ces notes, cherchant des signes, des réponses… Comment ces histoires, comment cet exil vers l'Alsace, cette installation au XVIIIe siècle en France, ce déracinement, ces fuites répétées, comment ensuite la conversion au catholicisme, la Première puis la Seconde Guerre mondiale, l'Allemagne, le casque à pointe, la croix gammée, l'amputation, comment tout cela nous avait marqués d'une trace invisible ? Mon père aussi avait sans doute porté l'histoire, portée avant lui par son père. Alain avait dû passer son existence entière la tête à l'envers, sidéré par ses traumatismes. La fuite, le judaïsme caché, Hitler, le silence… Tout cela pouvait-il expliquer l'absence ? Qui peut détenir la vérité dans une famille ? Quelqu'un le sait-il ?

Le temps passe, six mois à présent, et je n'ai aucune nouvelle de mon nom.

J'appelle chaque jour maître K. Elle me dit d'être patient, que cela peut prendre des mois, une année, voire des années. Je sens qu'elle n'ose pas m'annoncer que je ne pourrai pas porter mon nom à mon mariage.

Dans ma boîte à courrier, la boîte du petit garçon, il n'y a pas que les lettres de ma cousine et de ma mère : je retrouve celles de mes nounous, de ma grand-mère, d'un ami... J'ai correspondu avec tout le monde, sauf avec mon père.

À vrai dire, la seule lettre que je lui aie jamais écrite fut celle que j'ai envoyée à la juge, avant le rendez-vous, pour justifier que je ne voulais plus aller chez lui. J'ai retrouvé cette lettre au fin fond de mon dossier consacré à la conquête de mon nom.

Je ne le connais presque pas, il ne s'est jamais intéressé à moi et je voudrais ne plus être obligé d'aller chez lui.

Les mots me paraissent secs, cinglants.

En écrivant, des images me reviennent. Après que mon père a su pour la juge, pour la lettre, après qu'il m'a réprimandé sur le palier de son appartement (j'y pense d'ailleurs, pourquoi sur le palier, je n'avais pas droit à une vraie punition dans le salon, comme tout le monde ?).

Ce qui m'est revenu, c'est après. Le chemin du retour, le dernier trajet, pour me ramener chez ma mère. Dans la Pontiac sièges en cuir option Marlboro rouge. Une image, un flash. Nous deux dans la voiture, le silence mais un autre silence que d'habitude. J'entends le son du briquet en argent qui s'allume. Les volutes de fumée. Seul indice : les doigts de mon père qui tremblent un peu. Le pont d'Iéna, devant la tour Eiffel. Je ne suis pas monté à côté de lui sur le siège passager mais à l'arrière et je pleure. J'ai honte de pleurer, ma gorge est serrée à me faire mal, comme s'il y avait une boule ; mes tempes battent ; par moments les larmes sont si fortes qu'un tremblement convulsif agite mes lèvres. Un râle que je ne contrôle pas.

Lui n'a aucune réaction. Il n'y a même plus de colère. Il n'est plus gêné par moi, ce n'est pas qu'il n'arrive pas à parler (comme tant de fois dans cette voiture), c'est autre chose, de plus silencieux encore, de plus meurtrier. Je le perçois derrière le sourire acide qui courbe ses lèvres, quand il jette un coup d'œil sur moi dans son rétroviseur. Je sens que pour lui je ne suis plus là. Je suis passé à titre définitif dans l'autre camp, celui de son ennemie, ma mère. Le peu qui nous unissait a disparu. Et plus je sanglote, plus je me sens comme un petit garçon trop sensible, bête, et je me dis que je ne suis rien pour lui et que maintenant ce sera pire. Que je l'ai trahi et qu'il a raison. Je ne suis pas un homme. Je ne mérite pas d'être son fils.

Lorsqu'il me dépose devant l'immeuble de ma mère, sans un mot, je tente de capter son visage pour obtenir un regard, au moins un regard ; ses orbites sont plus creuses que d'habitude et son visage paraît d'un coup si maigre, comme si on pouvait en compter les rides une à une, tel un masque de plastique. Mais il claque la portière, démarre tandis que je compose le code d'accès à l'entrée. Et cette blessure insondable, derrière cette ultime absence, la sienne, la mienne ; la blessure de l'avoir laissé tomber, abandonné, de n'avoir pas essayé, de l'avoir *dénoncé* à un juge ; de l'avoir déçu.

Je crois qu'on écrit d'abord pour deux ou trois personnes, autour de nous. Dans la solitude du roman qui naît, on pense à eux. On espère les toucher, on espère qu'ils comprendront. Mon père fut toujours mon premier lecteur imaginaire.

Je sens aujourd'hui qu'il est fier de chaque livre que je publie. Il les envoie à toute la famille et me demande de les dédicacer. Mon petit frère m'a raconté que le jour de la sortie il partait en secret en acheter un exemplaire, à la Fnac Montparnasse. Il ne m'en parle jamais, pourtant. Les lit-il ? Ou a-t-il peur de ce que je pourrais écrire sur lui ?

À l'été 2016, j'ai publié dans l'indifférence générale mon premier roman. Sans m'en rendre compte (je l'ai découvert des mois après avoir signé mon contrat), j'avais choisi la même maison d'édition que celle où mon père avait fait paraître son seul et unique roman dans les années 90.

Pour fêter la sortie de mon livre, j'avais organisé une dédicace et un apéritif dans une librairie du boulevard Raspail, beaucoup trop grande pour moi. Quand je remonte le fil de ma mémoire et des photos stockées sur mon téléphone, je suis d'abord frappé par mes vêtements, par cette veste noire et cette chemise blanche trop lisse, trop bien repassée et surtout trop petite, qui contraste avec mes cheveux longs et ébouriffés. Je ressemble à un Playmobil.

Et il y a ce pantalon mauve.

Peu d'images racontent cet épisode. Dans mon portable, il reste cinq photos. Une de moi, concentré, qui dédicace des livres, deux avec ma petite amie et trois avec mon grand frère (qui était resté tout du long).

Il n'y a pas de trace d'un des moments, qui pourtant m'est le plus resté en mémoire, la venue de mon père. Il m'avait dit qu'il serait là, mais « très vite » car après il y avait « l'émission ». Et, pour la première fois de ma vie, il était là avant ma mère. Alors que je signais mes livres, j'ai entendu un vrombissement de moto ; ses pas qui pénétraient dans la librairie, comme du coton, puis qui s'approchaient de moi. J'ai fait comme si de rien n'était. Mon éditrice a dit : « Ton père est là. » J'ai fait semblant d'être surpris. Il a baragouiné quelques mots en baissant les yeux et puis il s'est approché de moi pour m'embrasser.

Non, il n'avait pas le temps de boire un verre, mais il a acheté un livre. Il était vêtu de son grand imper gris et portait son casque noir à la main. J'ai dédicacé le livre (aucun souvenir de ce que j'y ai écrit) puis il est reparti. D'autres lecteurs attendaient leur signature. En jetant un œil dehors, quelques secondes plus tard, j'ai vu que ma mère était avec mon père (elle avait dû l'attraper en passant). Il a fait démarrer sa moto, casque sur la tête, alors qu'elle semblait lui parler encore. Elle ne s'arrêtait plus de lui parler. Elle semblait lui sourire aussi. Mais, d'un coup sec, la moto est partie dans des pétarades de pot d'échappement, et a disparu sur le boulevard. En m'embrassant, maman m'a dit qu'il était « très gêné » et elle « très à l'aise », qu'il avait essayé de fuir en la voyant; elle a ajouté aussi qu'il avait baissé les yeux. C'était ce qu'elle m'avait toujours raconté de lui : qu'il ne regardait pas dans les yeux. Alors qu'il fallait regarder dans les yeux quand on parlait aux gens. Et que c'était cela être un homme.

Et moi, à cet instant, je comprends que, si cette image m'est restée dans la tête, c'est que c'était la première fois de ma vie que mes parents étaient ensemble, là devant moi, sur ce trottoir du boulevard Raspail, un vendredi soir d'été. Il avait fallu ce livre, il avait fallu que je devienne écrivain pour les forcer à se trouver au même endroit et à se parler, et je tenais là ma première victoire sur l'histoire qu'ils m'avaient imposé de vivre.

Journal

Jeudi 24/05/2001

Rencontre avec Jane à la suite de mon texto. Me suis promené avec Jane à Saint-Tropez. Nous avons beaucoup parlé de tout, de sa vie, de la mienne, de la vie en général. C'est drôle comme la vie change, comme nos routes s'éloignent pour on ne sait quelles raisons. Hier nous passions nos journées de vacances ensemble à jouer aux Playmobil, à rêver chez grand-mère ou autre part. Maintenant nous sommes deux adolescents avec nos problèmes, nos envies différentes. Bien sûr j'ai retrouvé cette complicité, cet amour qui existait entre nous avant, mais ça n'est plus pareil. Jane est devenue plus triste, plus renfermée ; la nostalgie m'envahit quand je repense au temps merveilleux que nous passions il y a quelque temps à « l'Abricot ». Cette maison hors du temps, un paradis. Ce temps est passé comme tout passe petit à petit dans la vie. Pourquoi ? Pourquoi ne peut-on pas simplement vivre notre bonheur sans qu'il doive s'arrêter ? Mais peut-être est-ce ça qui le rend encore plus magique : qu'il ne dure pas. Je me souviens encore d'il y a quelques années de cela, quand certains proches adultes me disaient de bien profiter de mon enfance car elle s'enfuirait vite. À l'époque je trouvais cela ridicule et je n'avais qu'une seule envie : grandir et enfin devenir adulte. Eh bien aujourd'hui je comprends leurs paroles. L'enfance est vraiment un moment extraordinaire. Quel dommage que je ne puisse plus jamais la revivre.

Juillet 2002

Je refusais de revenir chez lui, alors c'était le même rituel. Il me donnait rendez-vous à 21 heures, à la clinique. Mais je savais bien sûr, je savais qu'il ne serait pas là.

La salle d'attente de cette clinique aujourd'hui disparue a été pour moi comme une seconde maison. Je la connais mieux que les appartements où mon père a vécu. Je peux en décrire le moindre bout de sol, tant j'ai pu la contempler, l'apprendre par cœur.

C'était un espace au carrelage très blanc. Au centre il y avait huit chaises en plastique noir qui entouraient une table basse en bois où étaient disposées des revues sur la parentalité, des livres et des prospectus de sage-femme, pour la préparation à l'accouchement. Au mur, de grandes photos de bébés qui souriaient, avec au-dessus le ciel bleu et une lumière qui (j'imagine) devait symboliser quelque chose comme la « lumière de Dieu » car c'était une maternité catholique. Au fond de la pièce, à gauche, se trouvait une salle de jeux, avec des tapis d'éveil, un château de princesse, une petite voiture, des peluches... Mais je venais le soir et n'y ai jamais vu d'enfants.

À ma droite (je dis à ma droite car je m'asseyais sur la deuxième chaise en partant de la gauche, celle derrière laquelle se trouvaient les ascenseurs), à ma droite, donc, le bureau d'accueil tenu par une des sœurs. On me connaissait à force, aussi, dès mon arrivée, on me saluait, on me disait qu'on allait « prévenir le docteur », et je m'asseyais.

À droite du bureau d'accueil se situaient les toilettes et l'espace le plus important pour supporter la longue attente : la machine à café et le distributeur de sucreries.

Après m'être assis, je sortais sur la petite table basse mes ustensiles : stylo, carnet, livres. Et je poussais pour cela tous les magazines. Bien sûr, au début, l'angoisse était là ; elle me traquait dans la gorge, la tête, s'insinuait dans la sueur de mes doigts, dans mes membres lourds, inertes qui s'engourdissaient dans l'attente. Viendrait-il ? Quand ? Pourquoi ne pas répondre aux SMS et ne pas au moins me dire pour combien de temps il en avait, et qu'était-ce encore que cette « urgence » qui nous séparait l'un de l'autre ?

De ma place, on distinguait un long couloir sombre qui allait je ne sais où (et dont une fois mon père est sorti ; le pas traînant, le dos voûté, sans me regarder, en disant fort des mots incompréhensibles et en riant, ça devait être nerveux), et puis il y avait les ascenseurs… J'imaginais plein de choses : où menaient-ils, des femmes étaient-elles en train d'accoucher ? J'écrivais les cris, j'écrivais les sages-femmes autour, j'écrivais la chambre, les bruits des cœurs qui battaient, le sang, le cordon ombilical, le premier cri, j'écrivais mon père qui pénétrait dans la pièce, qui prenait le bébé dans ses bras pour l'examiner. Comment était-il ? Que disait-il ? Que fallait-il vérifier à la sortie du ventre de la maman ? Et moi, qui m'avait examiné ?

Mes histoires étaient empreintes de drames : trisomie découverte à la naissance, départ du père car finalement il ne voulait plus de l'enfant ou bien il le trouvait laid… Ou mort de la mère pendant l'accouchement. Mais mon père, « le docteur », finissait en général par sauver tout le monde.

Aux beaux jours, je sortais boire le café acide de la machine devant le bâtiment en fumant, face aux arbres touffus de cette petite rue du 15e, et en regardant les familles entrer dans la clinique, l'air empressé des grands-parents ou des papas, les bras chargés de cadeaux, je me disais que peut-être eux verraient mon père et je me demandais si je ne pourrais pas me faire passer pour un membre de leur famille afin de monter jusqu'à lui et de lui demander, enfin, ce qu'il fichait.

Au fur et à mesure de mes venues à la clinique, de mes longues attentes (la plus tardive s'est achevée à 2 heures du matin), ma technique se rodait de plus en plus, si bien que j'ai le souvenir d'un été où, happé par l'histoire que j'écrivais, je n'ai même pas vu mon père passer et me dire de sa voix grave : « On y va. » Il a fallu que ce soit une sœur qui me tape sur l'épaule. Mon père attendait devant, portable à la main, blouse blanche sur le dos, charlotte sur la tête.

Sans me regarder, il a dit :

– Tu faisais quoi ?

– Rien.

– On va manger un kebab en face ?

– D'accord.

– Je suis désolé, mon grand, je n'ai pas beaucoup de temps, il y a des accouchements.

Dix minutes plus tard, nous avions échangé trois frites et trois mots quand son téléphone a sonné. Une « urgence ».

Il s'est excusé, a jeté un billet de 50 euros sur la table et est parti en courant, me laissant avec les deux kebabs et la nuit.

14 février 2003

Le jour de ma fête, l'année de mes dix-sept ans, écoutant mon père à la radio s'occuper des autres alors qu'il avait oublié jusqu'à mon prénom, je lui ai envoyé un SMS assassin. Tout ce que j'avais retenu en moi depuis tant d'années avait fini par pourrir.

Je lui ai demandé s'il parvenait à se regarder dans une glace et j'ai ajouté : *Tu es une merde.*

Il m'a appelé après l'émission, l'explication a été violente. Il m'a menacé de m'envoyer en pension car après tout j'étais « encore mineur », et m'a convoqué à déjeuner avec lui, dans sa nouvelle radio.

J'étais tellement en colère que j'étais prêt à le frapper. Il a poussé la porte du studio, je me suis approché de lui, les yeux brillants, le visage couvert des croûtes d'acné rougeâtres de l'adolescence ; tout mon corps tremblait de cette rage contenue depuis si longtemps, biberonnée aux hormones adolescentes et désormais mûre pour lui exploser à la tête. Les narines fumantes, les cheveux en l'air, hirsutes, nous sommes restés là à nous toiser et aucun de nous deux ne baissait le regard. À cet instant, pour la première et dernière fois de ma vie, j'ai senti que j'étais capable de le secouer de toutes mes forces, de l'étrangler, de briser la vitre de son putain de studio. De le tuer.

Notre seul mouvement (le même) était de frotter notre pied gauche au sol, tels deux cerfs s'apprêtant à livrer une lutte à mort. Autour de nous, un petit attroupement s'est formé, on était au spectacle. J'avais le poing serré, j'étais prêt, j'allais lui défoncer la figure. Et tout ça serait fini.

Mais le téléphone de mon père a sonné. Il y a répondu (une mère désespérée par son enfant). Quand il a raccroché, il m'a dit :

– Allez viens, on va se parler.

Dans l'ascenseur, le miroir a reflété son visage d'une lumière éclatante et dure, et il m'est apparu fripé. Ses yeux clignotaient, regardaient à terre.

Il m'a emmené à la cafétéria de la radio. Une fois que je fus assis à table, ma haine a baissé d'un cran. Était-ce ces quatre petits mots, « on va se parler » ?

Face à face, nous étions tous les deux plus calmes, avec à notre gauche l'incessant ballet des voitures sur le périphérique ; toutefois son silence habituel est vite venu anesthésier nos mots. Mais je n'avais plus envie de le tuer. Mieux encore, j'ai eu soudain un déclic en pensant à ce que j'avais sous les yeux, ou plutôt dans les oreilles, depuis tant d'années : la pendule rouge de la radio où les secondes défilaient par petits points, la mention « *on air* », les micros, son émission que j'écoutais dès que je le pouvais sans le dire à personne, pour me reconnaître dans sa voix, comme l'émission d'avant, comme toutes ses émissions ; en voyant cela, j'ai compris que j'avais face à moi le moyen suprême de faire cesser le silence. Et que ce moyen était de lui parler de radio. Pendant les deux ans qui ont suivi, nous avons déjeuné toutes les semaines à proximité des studios. Il n'y avait plus de silence, la radio et la télévision écrivaient notre histoire. La vie des médias était devenue notre fil commun. Je l'interrogeais sur son émission, ses rapports à ses patrons, ses années glorieuses, ses projets... Je lui disais que moi aussi je voulais travailler dans les médias. Je lui demandais des conseils.

Durant deux ans, il n'y a eu aucun autre sujet, notre passé n'existait plus. Je ne suais plus face à lui, ma voix s'assurait en même temps qu'elle devenait plus grave, la colère s'atténuait. Mon père a commencé à me sourire derrière son micro quand j'assistais à l'émission, à me faire la bise, à m'appeler « mon grand ».

J'ai fait aussi une merveilleuse découverte en assistant à ses émissions : il s'endormait parfois quand ses auditeurs parlaient. Eux non plus, il ne les écoutait pas.

Juin 2004

À l'été 2004, l'émission radio de mon père s'est arrêtée. Je l'ai vécu comme une injustice, une violence. Pourquoi si tôt ? Pourquoi maintenant ? On m'enlevait le seul endroit où j'avais pu tisser une relation avec lui. On m'enlevait les studios, la cafète où nous mangions ces salades à la vinaigrette trop acide. On me privait du lieu où, pour la première fois, les mots avaient été possibles entre nous. Je découvrais la rudesse de ce monde des médias dont nous parlions tant tous les deux à nos déjeuners rituels : du jour au lendemain tout change. Un jour vous êtes tout, le lendemain vous n'êtes plus rien.

On m'interdisait l'accès à ce qui avait été notre premier foyer familial, cette tour donnant sur le ballet des voitures. Où allions-nous nous voir désormais ?

Aujourd'hui, chaque fois que je passe devant ce lieu, je repense à nos déjeuners comme à une madeleine, même si elle avait un goût de sandwich et de périph.

Je ne suis revenu qu'une fois dans ce grand immeuble, pour un entretien avec Hervé, le patron d'une chaîne d'info (également installée ici, à l'époque) que j'avais sollicité. Je ne lui ai jamais avoué la vraie raison de ma demande : pouvoir fouler encore une fois le sol du hall de cet immeuble, avec ces hôtesses, ces écrans lumineux, ces chaises inconfortables.

Ce moment où je m'avançais vers leur comptoir et disais : « J'ai rendez-vous avec le Doc, je suis son fils. »

Juillet 2004

En même temps que le monde des médias s'éloignait et que commençait pour mon père une traversée du désert de trois ans, nos vieux fantômes revenaient.

J'étais moi-même pris dans mes paradoxes. Ma mémoire s'était fixée sur 1997 et le grand boulevard, sur l'abandon de Pamplemousse, la froideur de l'immense appartement... Il n'était pas question que je retourne chez lui.

Mon père devait le sentir, il ne m'en parlait pas. De toute façon, depuis nos retrouvailles de 2003, nous n'avions jamais évoqué le passé.

Il ne mentionnait pas sa femme ou mes frères et sœurs.

L'été 2004 a été crépusculaire. On m'avait volé notre lieu de rencontre, il a fallu reprendre la ligne 12 du métro pour me rendre à la clinique, le samedi soir quand il était de garde. Je n'y étais pas revenu depuis deux ans. C'est là que l'absence m'a démontré de manière éclatante qu'elle n'était jamais loin, qu'elle rôdait encore dans l'ombre, prête à nous saisir : l'absence est redevenue cette salle d'attente blanche que je connaissais si bien, le regard de la dame de l'accueil, les visiteurs aux bras chargés de nounours ou les papas stressés fumant sur le perron.

Cet été-là, j'ai retrouvé ma clinique : j'y ai consumé des paquets de cigarettes entiers face aux arbres, au jour qui baissait et au silence de la rue, en attendant que mon père ait vu tous les bébés et qu'il puisse descendre. Je parlais avec les papas, les félicitais en leur disant qui était le mien, que tout se passerait bien, et leur regard s'illuminait.

Un soir, avec ses trois heures de retard rituel, mon père est descendu en blouse, au moment où je ne m'y attendais plus. J'étais en train d'écrire, sur lui bien sûr, comme avant.

Il a baragouiné ses mots incompréhensibles, s'est frotté les yeux, et nous avons marché vers la petite place à droite qui jouxtait la rue. Il avait son gros téléphone de garde à la main, « au cas où ».

Quelque chose avait changé cependant, ce n'était plus la même attente. La radio était passée par là et, même si mon père n'avait plus de micro, il n'était pas question que cela dure. Je n'allais pas perdre mon antidote à l'absence et au silence, que j'avais mis tant d'énergie à élaborer : on n'allait pas rester comme ça. Il fallait que mon père retrouve une émission pour septembre. Nous avons échafaudé ensemble tous les scénarios, nous avons fait des plans, nous avons dressé l'état des lieux des différentes radios et des forces en présence. Mon père écoutait avec intérêt mais son téléphone de garde a sonné, il devait partir. Il m'a dit de revenir le voir la semaine suivante.

Septembre 2004

Dès la rentrée 2004 (après avoir sauvagement raté Sciences Po), je m'inscrivais en première année de fac de philosophie. On ne m'y verrait pas beaucoup, à part pour fumer des joints au premier étage de l'amphi de Tolbiac et emprunter des romans à la bibliothèque. Je n'avais désormais qu'une obsession : travailler à la radio, moi aussi.

Je ne connaissais personne mais j'écrivais des lettres à toutes les radios de France. Les six premiers mois je n'ai pas obtenu de réponse, mais j'inventais des échanges avec tel ou tel animateur. Et à la clinique, je racontais à mon père.

Nous parlions le même langage désormais, je le sentais dans ses yeux, à la façon qu'il avait de me regarder.

Qu'importe si je n'avais jamais mis les pieds dans certains studios de radio que je lui décrivais.

Je faisais du baby-sitting pour arrondir les fins de mois ; j'écrivais, bien sûr. C'est cette année-là que j'ai envoyé le plus de manuscrits dans Paris. Et que j'ai obtenu en réponse le plus de lettres de refus. Un jour, un éditeur m'a même appelé pour me dire qu'écrire était « un métier » et qu'« assurément » ce n'était pas le mien.

En janvier 2005, j'ai reçu un appel d'une dame de Radio France qui s'appelait Christiane. Droite et douce. Bienveillante. Je n'ai jamais oublié son prénom. Elle me proposait de travailler au standard d'Inter l'été suivant, l'été 2005. Combien de fois avais-je rêvé que mon père m'embauche comme standardiste sur son émission !

Je l'ai appelé immédiatement, ivre de joie. Il m'a donné mille conseils.

En juillet, dans la chaleur de l'été parisien, j'ai fait mes premiers pas avenue du Président-Kennedy. C'était une petite pièce tout en longueur, comme une barque, avec cinq téléphones qui sonnaient sans arrêt, des petites feuilles de papier où il fallait noter le numéro, l'adresse et ce que la personne avait à dire.

En observant les animateurs pour lesquels je travaillais, je songeais que mon père ferait bien mieux le job qu'eux. J'imaginais aller voir les patrons, leur dire de lui confier l'émission.

C'est au standard de Macha Béranger que cette pensée a été la plus forte. Elle arrivait avec son chien, sa loupiote, ses bougies. Elle éteignait la lumière dans le studio. Le « *on air* » scintillait.

Elle allumait sa cigarette et on ne voyait plus que le bout rougeoyant dans l'obscurité de la pièce.

Sa voix grave résonnait : « Bonsoir, mes sans-sommeil… »

Tous les soirs, les mêmes auditeurs appelaient. Rêvant de parler à Macha, imaginant qu'elle allait illuminer leur vie. C'était parce qu'ils n'entendaient que sa voix à l'antenne.

Avant et après, Macha ne parlait à personne, ne nous saluait pas. Il y avait deux Macha. Après l'émission, j'écrivais ce que j'imaginais de sa vie réelle : rentrer seule chez elle, regarder la télé, donner son Canigou au chien. Avait-elle des enfants ?

Et je me prenais à rêver d'un duo entre Doc Maboul et Macha.

Travailler au standard de France Inter m'a assurément donné un regain de confiance. Si j'avais été capable d'avoir ce job seul, sans faire appel à mon père et sans le mentionner, alors tout était possible.

À la rentrée suivante, Christiane m'a proposé de poursuivre à l'année au standard. Un salaire (petit mais tout de même) chaque mois, grâce à la radio. C'était fou. À dix-neuf ans et demi.

Puis, par un ami, j'ai obtenu un poste de standardiste à RTL, sur l'émission « La tête dans les étoiles ». Un jour, RTL et l'ancienne radio de mon père partageant les mêmes locaux, j'ai toqué à leur porte. J'ai demandé si je pouvais y faire un stage ; qui a duré quelques mois. Je racontais tout à mon père, je lui disais que ceux qui l'avaient remplacé pour l'émission du soir étaient des nuls.

À l'été 2006 enfin, j'ai entamé un stage à la télévision.

Désormais nous n'avions plus assez de temps mon père et moi pour échanger sur mes différents jobs et stages médiatiques. Je l'ai fait inviter sur l'émission. Il était si rayonnant sur le plateau. C'était sa place. J'en étais certain. Je lui parlais dans l'oreillette depuis la régie, lui donnais des conseils.

Les patrons de chaîne le verraient, et ce serait le grand retour du Doc. Mais les mois ont passé et personne ne l'a appelé.

À la fac, j'en étais déjà à ma troisième première année mais tout le monde s'en fichait, à commencer par moi. Les médias étaient mon carburant, ma coke. Avec l'écriture. Je n'avais besoin de rien d'autre.

J'étais de plus en plus dur avec ma mère, je ne rêvais que de quitter la maison. De la quitter tout court. Je ne lui trouvais plus aucune qualité, et elle ne me répondait que par davantage de culpabilisation et d'emprise. Emporté dans mon tourbillon, frère de médias avec mon père, j'estimais ne plus rien avoir à lui dire.

Qu'il est dur, le destin des mères célibataires. Tout assumer et, le jour de l'envol, devenir l'unique mur contre lequel le fils tape. Et devoir tenir. Je n'avais plus d'yeux que pour mon père.

Juillet 2007

J'ai trouvé un travail d'été, vendeur au Bon Marché, à Paris. Il faisait un temps magnifique, je buvais mon café noir devant l'entrée des employés, face au square aux arbres verdoyants et aux feuilles épanouies. Mon téléphone a sonné. C'était mon père. Il avait quelque chose à m'annoncer.

Une nouvelle radio allait être lancée sur le thème de la famille, Parents Radio. Elle commencerait à émettre en octobre. Il animerait une émission quotidienne autour de l'enfance et de l'adolescence.

– C'est génial, ai-je dit, et… ?

– Et je voudrais que tu viennes travailler avec moi, que tu sois mon assistant.

Dès le mois d'août, j'ai commencé à Parents Radio, au rez-de-chaussée d'un immeuble moderne près de l'Opéra de Paris, au milieu des cartons et des travaux du studio.

Ce mois d'août a été pour moi un enchantement : mon père venait peu. Nous nous parlions au téléphone, je lui racontais les réunions, les réflexions, les débats, le rétroplanning avant le lancement... Face à son absence (que personne ne pensait ici à critiquer, il était la star de la nouvelle radio), je suis devenu en quelques jours son double, son ombre. J'étais consulté pour toute question le concernant car on ne voulait pas le « déranger ».

Entre août et septembre, j'avais préparé un mois d'émissions. Thèmes, questions, sorties de livres, invités... J'avais très peu d'expérience mais j'étais un tank, porté par une folle énergie, une ambition sans doute aussi : ne pas le décevoir et qu'il soit fier de moi.

J'allais vite me rendre compte que mon père, Doc Maboul je veux dire, ne préparait jamais rien et ne fonctionnait qu'à l'improvisation.

Octobre est arrivé bien vite, sans qu'on ait beaucoup vu mon père, à part une fois ou deux, pour enregistrer des bandes-annonces.

Pour la première début octobre, une minute avant l'antenne, il n'était pas là. Les deux patronnes faisaient les cent pas en l'attendant sur le perron. Elles l'appelaient sans cesse et me criaient dessus.

Où était-il ? Que faisait-il ? Il ne pouvait pas être absent pour sa première.

Mais quand il a garé sa moto et posé le pied à terre, elles n'ont fait que lui sourire. Poursuivant sa conversation au téléphone, il a marché vers le studio, sans enlever son casque.

Pendant les mois qui ont suivi, mon père n'a pas été beaucoup plus présent. Il entrait dans le studio à la dernière minute, me demandant, les pieds sur la table : « Alors on fait quoi aujourd'hui bonhomme ? » Et je déroulais le programme.

Il repartait juste après les émissions. Il ne lisait jamais aucun livre, ni aucune fiche. Parcourait le conducteur, vite fait. Il n'avait besoin de rien d'autre pour dérouler le fil de sa voix grave. Parfois, en régie, je fermais les yeux un instant en l'écoutant.

Il me confiait des chroniques et la météo. Je m'occupais aussi du standard. Cette radio reposait sur l'interactivité avec les auditeurs, leurs appels, leurs questions.

Mais personne n'appelait.

Alors j'inventais ; je missionnais des amis, des connaissances. Je promettais des cadeaux, des voyages, des livres... Je créais des scénarios pour eux.

Alice, trente-six ans, était mère de trois enfants et son couple battait de l'aile. Son mari la trompait avec la femme de ménage. Elle était au bord du suicide et se demandait si elle n'allait pas changer de sexe. Elle implorait le Doc de l'aider.

Alice s'appelait en fait Véronique et elle avait vingt-deux ans, sans enfants, future comptable.

Bertrand, un copain comédien, avait dix-sept ans et était encore vierge. Il avait très peur, ne savait pas comment aborder les filles et avait un problème d'haleine.

Mon père n'y voyait que du feu, une fois tout de même (quand il a parlé à l'antenne avec un jeune homme qui s'était soi-disant fracturé le pénis en faisant du ping-pong), il m'a questionné :

– Ce n'était pas un peu bizarre son témoignage, non ?

J'étais prêt à tout pour qu'il ne devine pas que le téléphone ne sonnait plus.

Février 2008

Au bout de plusieurs mois de travail à Parents Radio, l'enthousiasme a laissé place à une déception amère. J'avais atteint le Graal. Travailler avec mon père, le moyen suprême d'être proche de lui, de terminer de nouer notre relation, de parler enfin « du reste », je veux dire de nous deux, de notre histoire.

Mais rien de tout ça ne s'est produit. Au contraire, cette proximité professionnelle nous a éloignés davantage encore. On ne parlait presque plus de rien. Entre nous, il n'était même plus question de déjeuner.

La haine revenait.

La haine face à son absence encore et toujours (je mélangeais tout), son manque d'implication, son égoïsme.

Un jour, sa simple présence pendant les directs n'a plus été supportable pour moi. L'estomac noué, j'ai annoncé mon départ à la patronne de la station.

Elle a tout fait pour me retenir.

Mon père a haussé les épaules en grommelant :

– Ah d'accord, je comprends.

Il ne m'a pas remercié.

Je me suis engagé auprès d'elle à trouver un remplaçant, ce que j'ai fait. Une remplaçante en l'occurrence. Une amie qui s'appelait Valentine, ça ne s'invente pas.

Pour elle, cela s'est mieux passé. Mon père était plus impliqué. Il se montrait avec elle aidant et protecteur. Pendant les pauses, et avant de présenter la météo, elle fumait son joint, devant l'immeuble. Pour elle ce n'était qu'un stage, qu'avait-elle à perdre ?

Moi, j'avais cru pouvoir gagner un père.

Mars 2008

À nouveau, j'ai voulu rompre avec lui. Je ne l'appelais plus.

En même temps que je quittais Parents Radio, on m'offrait un nouveau poste de standardiste sur la matinale de RTL. J'étais à Inter jusqu'à 23 heures le soir; puis à 5 heures du matin rue Bayard; le reste du temps à la fac à préparer un concours. Car j'avais décidé que faire une école de journalisme serait le meilleur moyen de décrocher un job à temps complet à la radio.

En parallèle (suite au rejet magistral et unanime des *Sanglots longs*), j'ai écrit un nouveau roman qui racontait l'histoire d'amour secrète d'une journaliste avec un président et qui s'appelait *I love you mister Président*.

Fin juin, j'ai appris que j'avais réussi le concours d'entrée de l'école de journalisme de Lille, tandis que RTL, ou plutôt H., avec qui je travaillais au standard sur la matinale, me proposait de devenir son assistant sur la nouvelle émission qu'il présenterait le samedi.

H. mérite un roman à lui seul et je ne suis pas prêt à l'écrire. Mais sa proposition a été pour moi comme un shoot d'héroïne, un nirvana. Journaliste. Quand j'allais dire cela à mon père... Avec un salaire comme je n'en avais jamais eu, tous les mois ! Fixe ! Une carte de presse... Fini le standard, la fac, les levers à 4 h 30 du matin...

À compter de mon premier salaire, je me suis payé le luxe de dire à mon père que je n'avais plus besoin de sa pension alimentaire.

Le premier mois rue Bayard a été lumineux. J'avais tant à raconter que j'ai rappelé mon père et suis retourné dîner avec lui à la clinique. Il n'était plus à Parents Radio et plus nulle part. Pour la première fois, j'étais le seul à être en poste. J'en abusais, racontant le moindre détail de la vie de cette légendaire station, des potins, des secrets, en inventant de nombreux pour lui montrer mon importance.

Un jour, je suis retourné à « la radio » de mon père pour parler au patron. Je lui ai dit que désormais j'étais salarié de la première radio de France, la radio mère. Et qu'il devait reprendre mon père pour l'émission du soir.

22/03/2010 à 21 : 17

Happy birthday ! (émoji cœur) Joseph ton petit frère

22/03/2010 à 22 : 21

Merci beaucoup ! :)

10/09/2012 à 00:39

Hello Joseph ! Ça va ? :) ça doit faire 15 ans qu'on s'est pas vus, ça te dit de rattraper le temps perdu ? En tt cas ça me ferait super plaisir de te voir ! T'es à paris ? V.

10/09/2012 à 20:07

Ouais pas de pb je suis en cours la semaine mais demain je finis à 15 h 20 donc si tu es libre dis-moi, envoie-moi ton numéro (émoji clin d'œil)

2012

Depuis douze ans, je n'avais plus vu la famille de mon père.

Avec lui c'était devenu un sujet tabou.

Tout juste m'avait-il dit une fois qu'il s'était séparé de sa femme, mais qu'ils vivaient encore ensemble. Ma plus grande hantise était qu'il me propose de venir chez lui.

À la pensée de son appartement, de sa famille, un souffle obscur, humide me remontait dans la gorge et le petit garçon en moi hurlait d'angoisse. Qu'importe au fond tout ce que j'avais fait depuis cinq ans pour le fuir, il était là, accroché.

Et moi qui pensais qu'il suffisait de ne pas l'écouter pour le faire disparaître !

Ce petit garçon-là gardait de 1997 cette infâme pensée : il n'avait pas sa place dans cette famille. On ne le reconnaissait pas. On n'en voulait pas. Le fil aurait été rompu à tout jamais s'il n'y avait pas eu dans cette histoire un adolescent, Joseph, mon petit frère. Bien qu'il ne m'ait vu qu'une fois dans sa vie à trois ans, il ne m'avait jamais oublié. À partir de 2010 donc, il avait pris l'initiative (à treize ans !) de m'écrire sur Facebook pour me souhaiter « bon anniversaire ».

C'est ce « bon anniversaire » qui un jour m'amènerait à franchir à nouveau la porte de la maison paternelle.

Année après année, c'est mon petit frère qui avait continué à m'écrire, à m'inclure dans cette famille. Car lui seul me proposait de venir avec eux (eux, c'est mon père, sa femme, les enfants) dans la grande maison de campagne du Sud. Et lui seul avait continué à insister, malgré mes fausses excuses : trop de travail, trop fatigué…

Les petits messages de Joseph sur Facebook ont sans doute permis de reconstruire cette famille ; ils m'ont donné la force d'accepter d'y prendre ma place comme fils et comme frère.

Un après-midi, Joseph a débarqué au café Mode, devant Europe 1 où je travaillais à l'époque, rue François-Ier.

Il avait des cheveux bouclés, en vrac, un pantalon large, un tee-shirt blanc malgré le froid, un skate-board.

Il fumait des cigarettes roulées, il avait quinze ans.

Joseph m'a embrassé et s'est assis face à moi. Ses yeux se sont plantés dans les miens. Ses premiers mots, ses premiers gestes m'ont tout de suite enveloppé, moi dont les lèvres étaient serrées par l'angoisse. Ses yeux brillaient. Mon petit frère parlait comme si nous ne nous étions jamais quittés, comme si nous n'avions jamais été séparés, comme si nous avions grandi ensemble.

Il m'a raconté la maison, les frères et sœurs, sa mère, *notre* père (qui ne l'écoutait jamais), comme si je revenais d'un mois de vacances aux États-Unis. Pour m'entretenir.

Avec lui, j'avais le sentiment d'*en faire partie*. Nous étions *les mêmes*. Les problèmes qu'il me racontait avoir avec notre père étaient comme en miroir, et soudain je me suis dit que celui-ci ne pouvait pas faire autrement, avec personne.

J'ai interrogé Joseph sur sa vie d'ado, il m'a demandé quelques conseils.

Son sourire faisait naître deux fossettes dans ses joues; je ressentais cette sensibilité, cette rage aussi. En lui, il y avait quelque chose de moi; l'adolescence; le brouillon de soi-même; ces grands bras ballants, l'enfance qui meurt peu à peu sans jamais s'éteindre complètement, l'homme qui naît.

Les images de Joseph à trois ans me revenaient, nos regards, déjà. Au moment de se quitter, il m'a proposé de venir déjeuner le dimanche chez eux.

J'ai répondu oui.

En partant, il a dit: « Bisous. » Et j'ai trouvé ça mignon.

Le dimanche suivant, j'ai pris le métro pour me rendre là où ils vivaient alors, vers la place de Clichy.

La neige s'est mise à tomber sur Paris, le pavé était gras, les trottoirs glissaient. Il a fallu que je marche avec mille précautions pour ne pas m'effondrer sur une plaque de verglas. Le sang battait fort à mes tempes. Mes oreilles bourdonnaient un peu.

Joseph m'a ouvert la porte du grand appartement, qui se trouvait au dernier étage. Je l'ai embrassé. Il m'a entraîné dans sa chambre, offert une cigarette, et il s'est mis au piano. Sans rien dire. Il a joué de ses mains fines ; *Comptine d'un autre été* de Yann Tiersen. Dehors la neige tombait plus fort encore. On voyait Paris, le Sacré-Cœur. Mes doigts encore gelés, engourdis, tremblaient un peu. Une larme a roulé dans mes yeux, sur la bordure, sans en tomber.

À la fin de son morceau, Joseph s'est retourné pour me sourire. C'était la fumée de cigarette qui faisait pleurer mes yeux, ai-je dit.

L'appartement ressemblait à celui du grand boulevard. Un long couloir, une salle à manger débouchant sur un balcon filant et à gauche le salon.

Mais tout était plus gris, plus terne. Il n'y avait pas de lumière. Nous n'étions plus en 1997. Doc Maboul n'était plus la star glorieuse de la radio.

La femme de mon père (ex-femme plutôt) m'a salué. Elle m'a paru plus douce que dans mes souvenirs, plus fragile, plus triste aussi.

Joseph et mon autre frère nous ont rejoints.

Enfin, dans un grand fracas, la porte d'entrée s'est ouverte et mon père est apparu, casque à la main, tignasse hirsute, haletant, le manteau plein de neige. Il a eu un air ahuri en me voyant.

– Ah mais tu es là ? a-t-il bafouillé.

– Je te l'avais dit, a grommelé sa femme.

Il a posé sur la table un gâteau au chocolat qu'il avait acheté et a accroché son imper à une porte pour le faire sécher.

Deux jeunes filles sont entrées, avec deux petits chihuahuas dans les bras.

Je me suis présenté à elles, pensant que c'étaient des copines de mon frère.

– Enchanté, je suis le frère de Joseph.

Et l'une d'elles m'a répondu :

– Je ne suis pas une copine. Je suis ta sœur.

2018

Un jour Élisa, l'éditrice de notre ouvrage commun, m'a appelé pour me dire qu'elle avait lu nos dialogues, ceux qui devaient servir de fil rouge à notre livre, que nous enregistrions le jeudi matin entre 8 h 30 et 9 h 30.

– Ils sont très intéressants, m'a-t-elle dit. Mais il y a un problème.

– Ah bon, lequel ?

– Eh bien, ton père ne te pose pas de questions et il parle trop de lui. Tu n'es pas son psychanalyste.

– Ah…

Plutôt que de réenregistrer tous nos entretiens, j'ai alors décidé de faire ce que j'avais toujours fait.

Inventer.

J'ai créé des dialogues entiers dans lesquels mon père m'interrogeait : Pourquoi j'avais voulu être écrivain ? Comment je voyais tel ou tel sujet ? Moi-même, avais-je envie d'être parent ?

J'ai inventé d'autres parties où il me disait qu'il était fier de moi, de mon parcours, du fils et de l'homme que j'étais devenu.

À la relecture du manuscrit, plus tard, mon père n'a ni modifié ni supprimé la part romancée de notre texte, quand bien même pour des passages entiers cela relevait de la pure fiction. Plus tard, lors de nos interviews en commun, il raconterait devant les micros et dans la lumière combien il était fier de moi. Il me dirait devant des centaines de milliers d'auditeurs ou de téléspectateurs des choses qu'il ne m'avait jamais dites en vrai mais que j'avais rêvées en mots. Mon roman deviendrait notre réalité.

L'entretien du 15 mars 2018 se nomme « PÈRE-FILS 3 ».

Mon père y parlait de son anxiété, de son propre père et de son éducation autour d'une phrase rituelle, maintes fois prononcée par le vieux : « Ferme ta gueule. »

Mon père enchaînait ensuite sur un autre sujet, merveilles de la libre association ; l'enfant, pour bien grandir, avait besoin de bienveillance. Les pathologies digestives chez le bébé expliquaient quinze pour cent seulement des pleurs de l'enfant, c'est-à-dire que le plus souvent ces pleurs avaient des causes psychologiques. Puis il déroulait les différentes phases du développement de l'enfant (je n'aime rien plus que l'entendre me parler de son métier et des enfants et des bébés, ceux des autres je veux dire), avant de nous offrir un ultime pêle-mêle évoquant Google qui nous fliquait, l'autonomie chez l'enfant, les cris et les pleurs chez le tout-petit et derrière lesquels il fallait entendre l'angoisse et y répondre, ou bien encore comment faire lorsque les parents perdent leurs nerfs à force de ne pas dormir à cause du petit chéri.

Qu'est-ce qui a permis, dans notre dialogue, d'en arriver au sujet qui m'a obsédé pendant si longtemps, qui a empoisonné mon enfance, mon adolescence, qui explique mon écriture, et vers lequel toute cette histoire nous a menés : pourquoi l'absence ?

Cela est venu au moment où nous parlions des grands-parents, quand mon père racontait que ses parents ne s'étaient jamais occupés de leurs petits-enfants.

« C'est la vie, c'est comme ça, c'est regrettable », disait-il.

Ce à quoi j'ai répondu :

« Là, il y aura une partie de dialogue entre nous, puisque c'est aussi le but du livre, que l'on dialogue ensemble.

» Je dois te poser une question : pendant les onze premières années, on a dû se voir une fois ou deux, je n'ai pas beaucoup de souvenirs, est-ce que toi tu en as ? »

Au début mon père a pris la fuite, m'a parlé de mes frères, de ses rapports de couple avec ma mère. D'autres histoires que la mienne. Puis il a eu son regard fuyant que je connais si bien, un voile blanc de tristesse a recouvert ses yeux ; et alors il a dit d'une voix sourde, vacillante, comme à bout de souffle :

« Je voulais m'occuper de toi mais je n'ai pas pu. »

Quelques secondes, je suis resté K-O. Puis l'histoire m'est apparue plus claire que jamais, mon ressenti de petit garçon, limpide. J'ai dit, enfin j'ai pu lui dire dans ce café, ce sentiment que j'avais eu d'être un *mauvais petit garçon*, de ne pas avoir de place dans l'étrange relation entre mes parents, d'être l'objet de quelque chose qui ne s'était pas réglé entre eux, entre ces deux adultes, et dont au fond je n'aurais rien eu à savoir.

Mon père s'est tu, a respiré profondément. Il a d'abord mâchonné des bouts de phrases, grogné. Sa voix a pointé, vacillé comme si elle charriait des tonnes de peurs, de lassitudes, d'épuisement, elle a semblé disparaître complètement avant de revenir, rauque, grave. Pour la première fois, mon père a planté son regard bleu dans le mien et il a parlé :

« Je suis complètement d'accord, tu étais un objet. Je comprends très bien. »

Il a dit un autre mot, « otage ». Il a dit aussi : « J'ai fui. J'ai été lâche. Pardon. »

Les mots avaient été prononcés, nous n'avions plus besoin d'en parler.

En sortant du café, en marchant vers mon bureau, mon pas était chancelant, ma tête tournait. J'ai fumé beaucoup de cigarettes. Le monde extérieur avait disparu ; j'étais piqué d'une joie insensée, je ne sentais plus le vent de la fin d'hiver, les gouttes de pluie, le soleil qu'on devinait derrière les nuages, et c'était comme si une écorce se formait autour de mon corps et de mon âme. Les mots avaient enveloppé la moitié qui avait tant manqué à ma vie. Mon père était né.

Printemps 2012

Suite au premier déjeuner d'hiver place de Clichy, j'ai trouvé peu à peu ma place dans la famille.

Au moins une ou deux fois par mois, je m'y rendais le dimanche, vers 13 heures. Des rituels se mettaient en place. Après le repas, nous avions de longues discussions avec mon père et ma future ex-belle-mère (ils se définissaient alors comme « colocataires »). Une liberté nouvelle se dégageait de ces échanges, l'enfant disparaissait derrière l'adulte. Je n'avais plus peur.

Et je trouvais chez cette femme une grande générosité. C'était elle qui appelait pour inviter, elle qui dressait les grandes tables, elle qui préparait le poulet ou le gigot. Elle qui enveloppait cette famille si particulière de sa gouaille et de sa voix qui résonnait fort. Elle était juive, originaire d'Afrique du Nord, et nous n'aimions rien tant que les plats traditionnels qu'elle cuisinait en même temps qu'elle nous parlait de psychanalyse ou d'histoire du judaïsme. Je sentais parfois, au regard que mon père lui offrait, qu'il l'aimait encore.

Mes deux frères aînés n'étaient plus là. J'apprenais à connaître ma petite sœur. Elle me regardait du coin de l'œil, d'un air méfiant, comme on toise un animal sauvage.

Les mois suivants, j'ai passé de plus en plus de temps avec Joseph ; en juin, je lui ai proposé de partir en vacances ensemble à Saint-Tropez. Nous nous étions vus seulement une ou deux fois auparavant (il n'était pas né à l'époque où j'allais à l'appartement du grand boulevard), pourtant quelque chose nous unissait, quelque chose d'inexplicable, de charnel, de sanguin ; une solidarité de garçons face à leur père. Car, si Joseph avait vécu avec lui, il partageait avec moi ce sentiment de ne l'avoir jamais intéressé.

Je me souviens qu'il y avait dans cette parenthèse d'été entre nous une forme d'urgence. Sortir beaucoup, aller à la plage, bouffer, boire. Lui qui était en pleine adolescence, moi qui en sortais à peine.

Une nuit m'est particulièrement restée en mémoire.

Nous avions pris la voiture depuis Ramatuelle où nous dormions et nous avions dîné à un restaurant de poisson dans le dédale des petites rues du vieux village. Nous avions bu, lui beaucoup, moi un peu moins. Il était dans ce moment de l'adolescence où l'on fait tout « trop » sans s'en rendre compte : fumer trois cigarettes de suite, rire très fort, pleurer à cause d'un mot ou d'un regard... Folie des hormones, révolution du cerveau.

Nous avions roulé jusqu'à Saint-Tropez, nous nous étions garés tout en haut, aux Graniers. Puis nous avions marché le long de la promenade face aux nuages dorés du crépuscule, sans rien dire. Joseph n'était pas un ado comme les autres, on aurait dit que tout l'émerveillait, ou bien était-il tout simplement heureux d'être avec moi. Et c'était comme si nous nous donnions l'un à l'autre ce qui nous avait toujours fait défaut avec notre père : de longues discussions, des rires, des tapes derrière l'épaule ; tout ce qu'on appelle *amour.* On ne pense pas à l'amour ou plutôt on n'y pense que quand il vient à manquer. C'est dommage, c'est idiot. Pourquoi l'amour n'a-t-il de valeur que par l'absence ?

Nous étions descendus le long des rues étroites, vers le port. L'ambiance était à la fièvre, à la fête ; femmes en robe de soirée et en escarpins, parfums, chemises blanches et bien coupées... La musique au loin. Nous avions bu de nombreux verres sur le port; j'avais dû lui dire d'arrêter un peu de boire car soudain je m'étais rappelé qu'il n'avait que quinze ans et que j'étais responsable de lui (mon père savait-il que nous étions en vacances ensemble ?).

Vers 1 heure du matin, nous nous étions dirigés vers une première boîte de nuit. L'air était doux; nous buvions des mojitos sucrés et peu à peu nous nous étions trouvés dans ces moments parfaits d'été, ivres de cette lumière rouge, de ces corps autour de nous qui ondulaient au son de la musique. C'était l'exacte sensation de la liberté, ces instants où l'on oublie les contraintes, la vie, la mort, la frustration, le temps. Cette nuit-là, nous avions bu sans mesure mais sans jamais être totalement saouls; quelque chose de plus fort nous portait, notre rencontre, tous ces souvenirs à écrire ensemble.

Vers 4 heures du matin, on nous avait parlé d'une boîte qui se trouvait dans le vieux village, une petite boîte où c'était la folie à partir de 3 heures, près de la mer et de la plage de galets. Nous avions marché le long du port; partout la fête battait son plein. Joseph m'avait demandé une cigarette car il avait déjà fumé toutes les siennes, et après plusieurs tentatives nous avions fini par trouver « L'Esquinade ». Un épais monsieur à barbe noire gardait l'entrée. Nous avions descendu deux étages vers une salle fraîche et voûtée. La musique n'avait rien à voir avec celle de la précédente ; ici on dansait sur Dalida et Queen, et le patron appelait tout le monde « chéri ». Joseph s'était fait draguer par des garçons et j'avais aimé la manière dont il les rembarrait sans méchanceté. Au bout d'un moment, alors que l'un se montrait plus insistant, je lui avais dit de me prévenir s'il se sentait mal ou gêné et que je le protégerais. Joseph était venu ensuite me parler à l'oreille, un homme d'une quarantaine d'années, cheveux rasés, visage rouge de soleil, le collait au train, dansait tout à côté de lui et lui souriait sans arrêt. Je m'étais approché du type, boosté par la dizaine de verres que je m'étais enfilés, et je l'avais menacé de lui « défoncer la tronche » s'il ne laissait pas mon petit frère tranquille. Joseph était hilare.

À 5 h 30, nous nous étions retrouvés lâchés dans la nuit finissante ; moment d'éternité, entre-deux, quand on ne sait plus si c'est hier ou aujourd'hui ; nous avions marché jusqu'à la pointe du phare et nous avions ri si fort en repensant à ce moment où j'avais voulu casser la figure à ce pauvre homme, et j'avais dit à Joseph que c'était bien la première fois de ma vie que je faisais peur à quelqu'un.

Nous nous étions arrêtés devant le phare, face à la mer. Joseph m'avait mis au défi de chanter du NTM malgré le fait que j'étais complètement saoul et j'y étais parvenu sans problème ; il me filmait sans plus s'arrêter de rire. Puis il y avait eu un silence ; ce ciel découvert, enrichi d'étoiles, ce balisage divin, l'or de la nuit ; la lune qui achevait de s'éteindre, comme une braise pâle.

Nous avions très faim, nous avions marché jusque chez Sénéquier mais il était trop tôt. Nous étions partis en quête d'une boulangerie ; le village semblait encore abandonné aux oiseaux de nuit, qui titubaient, pris par les éclairs de l'aube annonçant le jour.

Les croissants étaient brûlants et nous nous étions jetés dessus tels des affamés et nos crocs venaient s'accrocher à la chair moelleuse et aux miettes craquantes. À La Ponche nous nous étions posés face à la mer, et je crois que nous nous étions endormis quelques instants ; un peu ivres de sommeil, nous avions été réveillés par un cri de mouette, et ce cri avait libéré en moi une forme de joie mystérieuse et intense. Des filles aux talons trop hauts les avaient jetés dans l'eau et s'étaient mises à marcher pieds nus sur la plage. Un élan de responsabilité m'avait fait alors dire que je ne pouvais pas conduire dans cet état, qu'il fallait attendre, et Joseph avait acquiescé. Dans la mer encore fraîche de la nuit, nous nous étions baignés ensemble ; les filles au loin, les maisons… Il y avait cette lumière du matin dans le Sud, ronde, luisante ; l'opulence de la bonne vie, des nuits sans fin, des apéritifs éternels... De notre lien de frères que nous éprouvions enfin tous les deux, malgré tout. De cette nuit que nous avions volée au temps, qui dans notre mémoire désormais n'appartiendrait qu'à nous.

En repartant vers Ramatuelle, nous avions vu une dernière fois Saint-Tropez d'en haut et le village m'était apparu comme une poignée de pierres étincelantes jetées le long de la mer. À côté de moi, Joseph dormait et je me rappelais qu'il n'avait que quinze ans et que ce n'était pas très raisonnable « tout ça », pas très normal, cette nuit, l'alcool, la fête ; moi l'adulte qui l'avais entraîné là-dedans. Mais dans cette histoire si singulière qui nous unissait, ce père, ces absences, ces longues périodes de vide, pouvait-il encore y avoir des normes ? En le regardant dormir, en imaginant tout ce que nous n'avions pas vécu ensemble, tous ses jeux d'enfant que je ne connaissais pas, ses copains, ses écoles, ses premiers mots, ses premiers pas, tout ce qui était à jamais perdu entre nous, je me disais qu'on s'en foutait complètement de la raison et que le principal c'était ce qu'on avait écrit et partagé cette nuit ; c'était la vie qui avait été plus forte que l'absence, c'était les cœurs qui battent, les mots, les sourires, une autre histoire enfin commencée ensemble. Et en me disant ça, à cet instant précis, avec la mer à ma droite, mon pied qui appuyait sur l'accélérateur, le silence du matin, tôt à Saint-Tropez, le lait de lumière dorée dans lequel je roulais, j'étais heureux, parfaitement heureux.

À l'été 2013, l'idée a été évoquée dans les médias de refaire « Loveline ». On testait de nouveaux animateurs pour cela... Mon père, lui, n'avait pas reçu le moindre coup de fil et cela me mettait hors de moi.

J'en ai parlé avec lui et lui ai conseillé de publier une tribune sur « Le plus » du *Nouvel Obs* (une sorte de *HuffPost* de l'époque) pour critiquer la décision de la radio de relancer l'émission, pour dire que c'était un coup marketing... En somme pour faire parler de lui, quitte à passer pour un aigri.

Mon espérance était qu'ils le rappellent et lui proposent de refaire l'émission lui-même. De reprendre sa place.

Cela n'a pas raté. Dans les deux heures suivant la publication de l'article en ligne, le patron l'a joint sur son portable. Et dans les deux jours, tout était signé.

Pour la première fois depuis Parents Radio, mon père retrouvait un micro. Et moi, sa voix.

J'ai écouté religieusement la première émission dans ma voiture. J'ai envoyé des tweets dithyrambiques, des SMS à mon père, et j'en ai parlé à tout le monde.

Il y avait tant à dire. Les déjeuners du dimanche s'étalaient jusqu'à 19 heures. Hélas, cela ne durerait pas.

Automne 2013

Dans les mois qui ont suivi, mon père et ma belle-mère ont rendu l'appartement, réalisant que la vie d'ex-époux colocataires était impossible. Au même moment, j'ai changé de travail et mes horaires devenaient incompatibles avec « Loveline ». Il m'était désormais impossible d'écouter l'émission.

Mon père a loué pour son ex-femme, mes deux frères et ma sœur un appartement dans le 13e arrondissement de Paris. Pour lui, il a choisi un nouveau cabinet, un peu plus grand, dans lequel il a décidé de s'installer, seul.

La troisième pièce au bout à droite sur cour serait donc sa chambre de célibataire, à soixante-trois ans. Il y a mis un lit superposé et a adopté six chatons de la même famille. Ici, on a commencé à se voir très régulièrement, avec ou sans mes frères. Parfois même, une sorte de banalité émanait de nos rencontres, la banalité de la présence au quotidien.

Loin du panache et du romanesque de l'absence, quelque chose se construisait, l'amorce sans doute de l'écorce qui viendrait quelques années plus tard. Mon père m'accueillait du bout de son grand couloir, avec son air un peu tassé, son regard bas. Il m'apparaissait enfin dans sa solitude, sa sensibilité ; je comprenais que l'être que je m'étais inventé n'existait pas, que « le Doc » était un personnage de fiction. Je faisais face à mon père, le vrai, l'homme.

Et, en même temps que sa voix radiophonique s'éloignait de moi, je commençais à avoir envie de l'aimer.

Printemps 2013

J'ai rencontré pour la première fois la famille de mon père à l'occasion du mariage de mon oncle, dans l'Est. Mon père avait loué un minibus pour que nous ayons tous une place. Dès notre arrivée, nous nous sommes rendus chez mes grands-parents, dans la maison où mon père avait grandi.

C'était une grande bâtisse laide qui faisait tantôt penser à une maison bourgeoise, tantôt à un pavillon de banlieue des années 30. Elle s'étendait sur trois étages. Elle ressemblait à la maison de Norman Bates dans *Psychose*. Le gazon était tondu, il y avait une balançoire à un bout du jardin, qui n'avait pas dû servir depuis des années. Le vieux a ouvert, lui que je n'avais jamais vu de ma vie. Je venais d'avoir vingt-sept ans.

Un imposant dentier pointait à l'avant de sa bouche, autre stigmate de la guerre. Ses yeux avaient dû par le passé être très bleus, comme ceux de mon père. Désormais ils oscillaient entre un blanc vitreux et un bleu très clair. Il portait des lunettes et il ne lui restait presque plus de cheveux. Tombeaufontaine. C'était le nom du village. Il n'y restait que quelques survivants du passé, quelques commerces, quelques chiens.

J'ai pénétré à tout petits pas dans la demeure, celle-là même que j'avais tant fantasmée. Tout était sombre et la lumière ne pénétrait que difficilement à travers d'épais rideaux. Un affreux tissu à fleurs recouvrait les murs du salon. Là aussi, on ne voyait pas bien. Trois personnes m'ont dit bonjour, j'ai appris qu'il s'agissait de mon grand-oncle, de sa femme et de leur fille, qui était donc ma cousine. Ils m'ont dit leur nom, que j'ai oublié immédiatement. Le grand-oncle, sa femme et la cousine ont tout fait pour me mettre à l'aise. Ils connaissaient mon parcours. Mon père leur avait raconté. J'étais heureux à cette occasion d'apprendre qu'il avait retenu tous les aspects de mon existence. La cousine vivait et travaillait à Vancouver. Elle parlait avec un accent anglais et on comprenait rapidement qu'elle était partie là-bas pour ne plus être ici.

Le grand-oncle devait avoir quatre-vingt-huit ans mais il était en forme, il racontait sa vie, ses voyages, les langues qu'il parlait... Mon père semblait l'apprécier. C'est alors que j'ai remarqué la vieille, elle était assise (ou plutôt posée) sur le canapé fripé et poussiéreux du salon. Mon père lui a dit qui j'étais, elle n'a pas eu de réaction. Devant elle se trouvait son déambulateur. J'imaginais que maintenant il me fallait aller l'embrasser. Je me suis approché d'elle puis j'ai marqué un arrêt. J'attendais qu'elle fasse un geste vers moi. Planté devant elle, j'ai tendu lentement ma joue puis, finalement, je l'ai embrassée. Elle n'a pas bougé.

Je me suis rassis tandis que tout le monde devisait sur des banalités comme les familles savent si bien le faire. De temps à autre, je regardais la vieille. Elle tremblait beaucoup. Elle était atteinte de la maladie de Parkinson. On m'a posé quelques questions sans intérêt et j'ai donné des réponses tout aussi inintéressantes. Puis nous sommes passés dans la deuxième partie du salon pour nous installer autour d'une table à manger à côté d'une commode antique en bois dans laquelle était rangée la vaisselle.

Mon père avait acheté beaucoup de gâteaux, déposés çà et là sur des assiettes. Joseph est resté debout tandis que les autres se sont assis. La salle était trop petite. J'ai remarqué quelques photos de mon père et de ses frères qui dataient d'au moins vingt ans. Sur l'une d'elles, j'ai reconnu mon père jeune, avec davantage de cheveux. Celui-ci s'est rapproché de son vieux. Je les ai observés en pensant à mon futur roman. En regardant le vieux, j'ai vu mon père dans vingt ans. Le même avec moins de cheveux et de plus petits yeux au bleu moins prononcé.

Puis on a parlé de politique, les esprits se sont échauffés.

Pris par l'ennui, je me suis balancé sur ma chaise, ce qui m'a valu un soufflet du vieux grand-père à qui rien n'échappait : « Ne te balance pas », a-t-il assené d'un air mauvais et j'ai entrevu ce qu'avait dû vivre mon père ici.

De temps à autre, la vieille tentait de faire rentrer dans sa bouche un bout de gâteau, ce qui n'était pas chose aisée tant elle tremblait, et des miettes venaient se perdre dans son col. À un moment, elle a tendu le doigt en l'air. La femme du grand-oncle a fini par la remarquer. « Attendez, elle veut dire quelque chose », a-t-elle glapi avec espoir comme on le ferait avec un enfant qui va prononcer son premier mot. Alors la vieille d'une main tremblante a attrapé son verre vide. « Ah elle veut du champagne ! » a dit le grand-oncle, qui lui a servi un verre. Elle tremblait de plus en plus. Elle a tenté de faire non de la tête, le verre en l'air. On a vu un effort surhumain s'opérer dans sa bouche pour tenter d'articuler quelques mots. Cela est arrivé de loin finalement, comme un râle ou un croassement. Elle a prononcé le nom de son fils en lui montrant son verre plein. Il a compris qu'elle lui proposait du champagne.

– Non merci, je ne bois plus depuis des années, a dit mon père.

Sa mère avait un air perdu. La conversation a repris. Toujours sur la politique. Les politiciens étaient tous des pourris corrompus. Le grand-père essayait de suivre mais ses interventions montraient qu'il avait totalement perdu le fil. Ainsi quand mon père a évoqué la possibilité du retour de Sarkozy en 2017, il a demandé pour la cinquième fois à Joseph en quelle classe il était. Puis tout à coup, un éclair dans ses yeux :

– Ferme la porte de l'armoire, Joseph, lui a-t-il ordonné d'un ton sec.

– Pourquoi ? a répondu Joseph en riant à moitié. Tu as peur qu'on te vole ?

– Ferme la porte, a-t-il répété d'un ton sévère, la bouche tordue et à demi ouverte, ce qui m'a fait revoir son dentier jauni.

Mon petit frère s'est exécuté. Le vieux a serré les dents.

– À clé.

Joseph a tourné la petite clé dans la serrure. Le vieux a eu l'air rassuré.

La conversation a dévié sur la maison que mon père louait pour le mariage de son frère. Il en a fait la publicité tel un agent immobilier. La vieille a levé à nouveau le doigt et tenté de parler ; les secondes en suspens avant que ça ne sorte nous ont paru une éternité. Enfin, elle a articulé quelques mots à l'adresse de mon père :

– Pourquoi tu ne viens pas ici ? Nous avons des chambres.

Une sensation de gêne s'est diffusée dans la pièce.

– On ne veut pas vous embêter, c'est mieux comme ça, a enfin répondu mon père en se raclant la gorge.

Jamais il ne l'a appelée maman. Elle avait un regard triste qu'il n'a pas vu. Il ne l'a pas regardée.

Le vieux s'est levé et a claudiqué pour s'approcher d'elle. Il l'a fixée quelques secondes d'un air méchant, le dos courbé, tendu face à elle qui le regardait sans le voir. Il a mis le doigt sur sa bouche et l'a regardée encore.

– Chuttttt…, a-t-il sifflé tel un diable.

Elle a eu l'air terrifiée.

Puis le vieux s'est rassis sur la chaise et la discussion a repris.

Plus tard, au moment de partir, j'ai embrassé la vieille qui ne m'a pas reconnu. Quand je suis sorti dans le jardin, ma petite sœur (qui avait déserté depuis une heure) jouait sur la balançoire. Nous somme tous remontés dans la voiture. Le vieux était là, à la fenêtre, seul, toisant la famille qui repartait. Il saluait de la main droite, lui le despote de ce lieu, tel qu'il l'avait toujours fait.

De cette première immersion dans une famille inconnue, j'ai tout filmé avec une GoPro, avide de savoir et avide de comprendre.

Quand je revois ces images aujourd'hui, je suis surpris par ma fragilité. Je suis plein de tics. J'ai les cheveux gras, je suis mal habillé. Je comprends que j'y suis allé accoutré comme lorsque j'étais adolescent.

Je regarde ces grands-parents ; je les observe à la lumière de tout ce que je sais désormais de la vie de mon grand-père. J'entrevois cette violence dont m'a parlé mon père, ce qu'il a dû subir, ce que cela a pu laisser de traces en lui ; ce que cela explique de son absence, de son incapacité.

Et je me demande comment ces grands-parents ont fait pour ne jamais répondre à aucune lettre de ma mère les informant de ma naissance, de ma vie, quoi qu'ils aient pu penser d'elle. Comment ont-ils pu passer tant d'années avec ces lettres, sans rien faire ?

Je ne me l'explique pas.

Le lendemain du mariage, nous sommes revenus dans la salle des fêtes du village, pour le brunch. Un froid sec nous enveloppait. Mes lèvres étaient gercées par l'air glacial.

Après le brunch, mon père a voulu nous montrer quelque chose.

Avec le minibus, il s'est engouffré dans un chemin de forêt qui longeait la rivière.

Après dix minutes d'une route un peu cahoteuse, il s'est arrêté devant une cabane qui donnait directement sur la rivière et qui ressemblait à une petite prison délabrée.

– C'est là que je venais, seul ou avec les copains, quand j'en avais marre de tout, a-t-il dit, avant de poursuivre sans plus s'arrêter. L'été, j'y restais des journées entières. Ça appartenait à un vieux docteur qui ne venait jamais. Ici, personne ne pouvait me trouver, même pas mon père. C'était mon repaire secret, je pouvais toujours m'y enfuir. Enfant, puis ado, mon grand plaisir était de partir loin dans les bois, là-bas, a-t-il continué en pointant du doigt la forêt touffue qui s'étalait, surtout quand il y avait de la neige, c'était gigantesque ! J'avais en même temps une sacrée frousse car il y avait un côté animal à se retrouver dans un milieu hostile, à devoir me défendre face à n'importe quel danger. Je pouvais parcourir une dizaine de kilomètres, sans gants, sans bottes, à ressentir le froid jusqu'au fond de mes entrailles et, sans que je sache à quoi, ça me raccrochait à quelque chose, ça m'ancrait. Je voulais me retrouver dans mon univers, m'isoler, être totalement libre. Le mieux c'est quand il neigeait violemment, qu'il faisait très froid, jusqu'à moins vingt degrés. Je courais des kilomètres puis je m'allongeais par terre. Dans la nature, sous les feuilles, j'ai trouvé un sentiment de plénitude et de puissance. Chaque fois que je vivais une situation difficile, je me réfugiais ici. Parfois je finissais par me dire : et si je ne revenais pas, si je disparaissais ?

Sur ce dernier mot d'un monologue prononcé sans respirer, mon père s'est affaissé et son regard s'est perdu dans la forêt ; ses joues étaient pâles mais ses yeux étincelants et son front rubicond. Il y a eu un silence, on entendait les clapotis de la rivière et les chants des oiseaux. Puis Joseph a allumé une cigarette.

– En fait, t'es un grand malade, papa, a-t-il conclu.

Et moi qui étais à deux doigts des larmes, je n'ai pu m'empêcher de rire sous cape en faisant un clin d'œil à Joseph. Nous sommes repartis.

Pour le mariage, mon père avait loué une maison improbable, perchée sur des pilotis, au milieu d'un lac.

Pour y accéder, il fallait traverser des ponts glissants ; la nuit, on avait l'impression d'être cernés de crocodiles.

Il n'y avait que trois chambres dans cette maison mais six lits. Mon père avait tout prévu. Il dormirait avec ma sœur, mes quatre frères dans les deux autres chambres. Puis il a compris qu'il manquait un lit pour moi.

– Je n'ai donc pas de place, ai-je dit.

Mon père s'est décomposé, puis nous en avons ri ensemble. Je me suis créé ma propre chambre dans le salon, avec des coussins, des tables, un paravent.

Le temps était passé.

Hiver 2015

Un dimanche, mon père m'a appelé plusieurs fois. J'ai fini par lui répondre.

– Ma mère est morte cette nuit.

– Ah, je suis désolé.

– Ne t'inquiète pas, elle était malade.

– Mais ça va ?

Il s'est mis à rire nerveusement.

– Oui, oui, ça va. J'ai loué un minibus, on part demain après-midi avec tes frères et ta sœur. Tu viens ? Ça me ferait plaisir.

Une deuxième fois, donc, nous avons pris la longue autoroute, tous ensemble, dans un van Mercedes. Mon père a roulé très vite. L'ambiance n'était pas lourde. Joseph m'a montré les clips de son idole Michaël Youn, *Fous ta cagoule*.

À une station essence, mon père s'est arrêté. Il nous a acheté des montagnes de bonbons et nous avons bu du café.

Au crématorium, aucun de nous n'a eu la force d'aller voir la défunte. Seule ma petite sœur y est entrée avec mon père. Elle est sortie en pleurs. Nous fumions devant. Tous les garçons ensemble. Il pleuvait, il pleut toujours là-bas.

Dans l'église, pleine, j'ai vu tous ces gens qui avaient mieux connu ma grand-mère que moi. Elle était très pieuse, d'après le prêtre, qui nous a infligé un long discours. J'ai découvert sa vie à travers la voix de cet inconnu. Quatre-vingt-cinq ans. Le froid nous prenait en tenailles, le vent furieux sifflait, faisant trembler les vitraux.

Ensuite, nous avons marché les uns derrière les autres, pour parcourir les quelques mètres qui séparaient l'église des tombes, juste derrière.

J'ai pensé que cette église avait dû être le théâtre des mariages et des baptêmes familiaux, de tout ce qui m'échapperait pour toujours. On a dit quelques mots, devant la tombe. Mon père avait l'air vide. Il a répondu au téléphone une fois, une maman perdue avec son bébé. La pluie est tombée plus fort, des gouttes longues, pénétrantes, qui faisaient frissonner.

On nous a donné des roses, pour jeter sur le cercueil lorsqu'il aurait été descendu. Quand cela a été mon tour, j'ai essayé de trouver quelque chose à lui dire mais je n'y suis pas parvenu.

À la salle des fêtes du village (grande, blanche, froide), un buffet était dressé avec des gâteaux et du vin. Du plafond la pluie suintait en gouttelettes régulières. Le vieux était là, dans sa chaise roulante poussée par Joseph. On lui a demandé s'il voulait quelque chose. Il a bu un verre de vin d'une traite et englouti une part de gâteau. C'était un gâteau au chocolat, crémeux et lourd, qui m'a écœuré. Le vieux ne parlait pas, n'avait aucune expression sur le visage ; il était là, plissant la joue, pressant la langue contre son dentier pour en chasser un reste de gâteau, émettant un bruit particulier, une sorte de sifflement ; la vieillesse s'apprêtait à l'emporter lui aussi avec ses silences.

2016-2017

Quand j'étais ado, je me rendais dans le public des émissions de télévision. Je restais dans la queue des heures devant les plateaux. Je rêvais qu'un jour je serais comme les chroniqueurs, les présentateurs, ceux du monde de la lumière. Secrètement, je me disais que mon père serait alors obligé de me voir.

Je suis passé de l'autre côté de l'écran sur une chaîne d'info puis, quelque temps après la mort de la grand-mère, sur une chaîne de grande écoute. Pendant les mois que j'ai vécus là bas, je me suis perdu. J'étais accro au maquillage, à l'adrénaline de l'antenne, aux messages des téléspectateurs. J'ai découvert la jouissance immédiate que cela pouvait procurer, comme un rail de cocaïne; cette fausse reconnaissance, car la plupart du temps, au contraire d'un livre, d'un film, d'un diplôme, la télévision, elle, ne repose que sur des sables mouvants.

Ils n'ont pas tardé à m'emporter ; je n'écrivais plus. J'ai fini par me nier, par en oublier qui j'étais, par croire que j'étais comme elles (les bêtes de télé).

Un jour, je n'ai plus pu.

C'est dans le vide, la solitude, l'absence à nouveau (car lorsque la lumière s'éteint les trois quarts de vos « amis » de télévision disparaissent), que j'ai recommencé à écrire et que j'ai compris que là était le sens de ma vie.

À la fin de cette année, mon père a été présent quand j'ai enfin pu lui dire ce que je traversais.

Au pire de ces moments, en rentrant le soir, je me suis remis à l'écouter à la radio. Je restais de longues minutes dans la voiture, radio allumée, fumant des cigarettes dans le noir, au fil de sa voix.

Hiver 2016

Un autre dimanche, le téléphone a sonné à nouveau. C'était mon père. Je savais.

Le van a repris la longue route. Il pleuvait bien sûr, c'était l'hiver, c'était toujours l'hiver à Tombeaufontaine.

Devant l'église, une foule s'était massée pour rendre hommage au héros local, le médecin du village, mon grand-père.

Il faisait encore plus froid que pour l'enterrement de la grand-mère. Mon père a prononcé un discours à l'église, à la fin sa voix s'est étouffée et il a dit :

– Merci pour tout ce que tu m'as donné.

En se rasseyant à côté de moi, il m'a tapé sur l'épaule et m'a souri.

Ensuite, il a fallu se recueillir autour du cercueil.

Puis nous sommes sortis devant, avec le défunt.

Tout le monde venait saluer mon père ainsi que ses frères et sœurs. Mon père répétait fièrement : « Ce sont mes enfants. »

Une pluie fine, acide, froide, tombait cette fois encore. Le convoi s'est ébranlé, nous en tête derrière le cercueil, en direction du cimetière. C'est étrange mais je n'étais pas ému, c'était déjà comme une habitude. En chemin, mon père a répondu à un de ses trois téléphones qui sonnait. Il a proposé à une patiente de venir le voir le lendemain à 8 heures au cabinet ; il l'a rassurée, a dit que c'était juste un rhume. Ma petite sœur a levé les yeux au ciel.

Puis, au moment de pénétrer dans le cimetière par la porte rouillée, mon père a voulu savoir où j'en étais avec mon scooter. D'après lui, je devais me séparer de ma Vespa, trop dangereuse, pour prendre un gros scooter, avec freins hydrauliques et l'ABS...

– Car, si tu freines violemment avec ta Vespa, tu vas te casser la gueule et c'est très dangereux. Au moins avec les freins hydrauliques...

On venait de stopper le cercueil devant la tombe, le sol caillouteux craquait sous nos pas, ma petite sœur l'a foudroyé du regard.

– Papa, enfin...

Il s'est tu.

Une nouvelle fois, le prêtre a prononcé quelques mots. La pluie s'est mise à tomber par rafales, avec de brusques bouffées de vent. On a jeté des fleurs, qui se sont envolées. Je savais que c'était la dernière fois que j'en avais l'occasion : un dernier mot à dire à ce « grand-père ».

Mais je me suis abstenu car il n'y avait plus rien à dire.

Quand on a descendu le cercueil, le sourire crispé de mon père s'est effacé et son visage est devenu très pâle; ses sourcils étaient froncés, ses lèvres serrées; il réprimait ses larmes. L'une d'elles est tombée, cependant, le long de sa joue gauche, sous son grand chapeau noir qui le protégeait de la pluie. Je l'ai vu qui tremblait. Il s'est retourné pour échapper à mon regard.

Été 2018 – fête de mariage

La baie inoubliable ; un certain ciel du soir en Italie. Je n'ai pas pu me marier avec le nom de mon père, à Paris. Qu'importe pour l'instant, la fête de mariage se déroule à des milliers de kilomètres et un autre cadeau m'attend.

Ils ne se regardent pas sur la photo. Mon père porte une chemise violette, une veste bleue, un pantalon beige. Ma mère est vêtue d'un pantalon blanc et d'une veste bleue sur une chemise de lin. J'ai un verre de champagne dans la main gauche. On ne se regarde pas non plus, lui et moi, nos yeux sont happés par l'objectif. Mon costume bleu est un peu débraillé, j'ai le nœud papillon de travers ; je ris, mes cheveux sont ébouriffés, j'ai mon air de champagne. Mon père a un sourire crispé, les yeux plissés, la bouche entrouverte. Maman, elle, ne fixe pas l'objectif mais elle nous regarde. Elle est la seule à avoir gardé ses lunettes de soleil, son sourire semble nous envelopper. On y lit une forme de fierté, de tendresse, de regret.

Derrière nous, le soleil se couche sur l'eau turquoise d'une piscine. J'ai mes bras autour d'eux ; d'eux deux.

Six mois plus tard, fin 2018, j'ai reçu un recommandé.

J'ai mis des jours à le récupérer. Je n'avais pas le temps. Encore un P-V, sans doute. À la date limite cependant, je me suis rendu à la poste, un peu par hasard. La guichetière m'a tendu une grande lettre au sceau du ministère de la Justice. J'ai paniqué ; j'ai craint que ce soit une condamnation (j'ai toujours eu peur d'être condamné pour quelque chose). J'ai ouvert si vite l'enveloppe que j'ai failli déchirer ce qu'elle contenait.

Puis elle m'est tombée des mains, sur le sol blanc de la poste. Je me suis assis.

Monsieur,

J'ai le plaisir de vous informer que votre requête en changement de nom : K. en SPITZ, a été inscrite au Journal officiel.

Le document officiel qui suivait était signé du Premier ministre Édouard Philippe et de la ministre de la Justice Nicole Belloubet.

Il était écrit :

Le Premier ministre,

Sur le rapport de la garde des Sceaux, ministre de la Justice,

décrète :

ARTICLE 1er

Est autorisé à changer son nom de :

K. en SPITZ

Monsieur K.

L'annonce avait été publiée au *Journal officiel* le 13 octobre 2018.

Après la lumière, après la sortie de notre livre commun, après les studios, l'absence est revenue, un temps.

Mon père a quitté « la radio » pour la dernière fois. Il n'appelait plus. Il envoyait des vidéos de lui sur Instagram pour annoncer sa nouvelle émission diffusée sur YouTube. Je les ai reçues dans ma boîte de messages privés, croyant qu'il n'écrivait qu'à moi. Il ne savait pas comment utiliser les réseaux sociaux. Il n'avait pas compris la différence entre public et privé. J'ai donc reçu les mêmes messages que ses cinq cents abonnés.

À soixante-dix ans, mon père croyait dur comme fer à l'idée de refaire « Loveline » sur YoutTube. Il a acheté du matériel high-tech, privatisé une pièce entière de son appartement pour en faire un studio. Je n'ai pu regarder que quelques secondes de l'émission. L'image était mal cadrée, cheveux blancs longs en pagaille. Il ressemblait au Père Fouras. Il avait trente spectateurs.

Ces semaines-là, ma petite sœur m'a annoncé qu'elle voulait devenir psy. Nous sommes allés dîner tous les deux. Elle devait passer un oral deux jours plus tard pour une école. Je lui ai donné quelques conseils, et ensemble nous avons cherché les questions pièges auxquelles elle risquait d'être confrontée. J'ai pensé à la plus classique : que cherchez-vous à réparer en devenant psy ? Ma sœur n'a pas su répondre et nous avons commencé à parler de notre père.

Elle m'a raconté tout ce que je connaissais si bien.

Derrière ses mots, j'ai ressenti sa colère et je m'y suis reconnu. Ses attentes et ses déceptions étaient le miroir des miennes, treize ans plus tôt, à son âge. À un moment de la soirée, elle a dit :

– De toute manière, dès que je peux être indépendante, je coupe les ponts. Je ne le vois plus.

Quand ai-je pardonné à mon père ? Puis-je dire que je l'aime aujourd'hui ?

Pour *Des hommes qui fuient*, j'ai déjeuné avec un jeune rabbin, Jonas. J'avais des questions à lui poser car, dans le roman, j'interrogeais une éternelle répétition, où les hommes abandonnaient leurs fils, à chaque génération ; et mon personnage principal, Lucas, demandait justement à un rabbin si le pardon était possible.

– Les choses de la vie ne sont pas blanches ou noires, m'a-t-il répondu, elles sont complexes, singulières, et aucun schéma préconçu ne peut s'appliquer. Chaque épreuve de l'existence est unique et particulière. Parfois il faut dire, chercher, trouver du sens. Parfois, aussi, il faut oublier pour pouvoir vivre. Il faut se taire pour entendre à nouveau le cœur de la terre. Moi, je comprends que les gens soient des salauds. Je vois l'être humain avec ses faiblesses, ses lâchetés... Je ne suis pas naïf. À la fin, face à toutes les grandes questions de l'existence, nous sommes tous les mêmes. Chercher à réparer rouvre des plaies. Passer outre et ne rien faire aussi. Il n'y a pas de bonnes solutions, il n'y a que la vôtre. Il faut accepter de ne pas savoir ou peut-être de se tromper. C'est une recherche, une quête.

» Abraham, quand il quitte le lieu de sa naissance, va vers le pays que Dieu doit lui indiquer. Il se met en marche, commence cette quête, cette recherche, en sachant qu'il ira quelque part mais sans savoir où exactement au départ. Certaines paroles l'encourageront à chercher même s'il ne sait pas encore sur quoi il va tomber. L'idée, c'est de se mettre à chercher.

– Est-ce qu'on peut un jour devenir le père qu'on n'a pas réussi à être ? ai-je demandé. Est-ce qu'on peut réparer, est-ce qu'on peut pardonner ?

– La Torah dit qu'un père qui a eu de gros manquements par rapport à son fils est dans l'obligation de les réparer.

– Comment ?

– Dans la Torah, il y a trois grandes obligations qu'un père doit à son enfant : lui apprendre la Torah ; lui apprendre un métier ; lui apprendre à nager.

Mon père ne m'a jamais appris à nager. Il ne m'a jamais non plus appris la Torah (je l'ai achetée moi-même, rue des Rosiers, à Paris). Mais mon père m'a appris à écrire et à écouter. Il m'a appris à entendre ce qui ne peut se dire, ce qu'il y a derrière, au-delà des mots, le bruit sourd du manque. Il m'a construit de son absence ; il n'existait pas, alors je l'ai écrit. C'est *parce qu'il n'existait pas* que j'écris. Malgré lui, il m'a appris à faire cesser le silence, à ne plus « fermer sa gueule ».

À transmettre à ceux qui viennent, à nos enfants.

Ce livre, je ne voulais pas l'écrire, pourtant au moment de le conclure je mesure à quel point il m'a libéré de ce que j'étais et m'a permis de devenir qui je suis. N'est-ce pas cela au fond, écrire ? Se dégager des couvertures qui nous empêchent, nous étouffent, se réconcilier avec l'enfant.

Parler. Se taire. Apprendre. Tomber. Remonter. Recommencer. Recommencer toujours. Essayer. Vivre.

Le 21/07/98

Bonjour les heureux vacanciers ! J'espère que tout se passe merveilleusement pour vous tous.

Voici le billet d'avion de mon fils. Départ le vendredi 31 juillet de TOULON. L'embarquement sera fermé à 8 h 45 maximum et avec le vélo, il faut prévoir un peu plus de temps.

J'ai aussi appris, que, comme il a 12 ans révolus, il n'est plus pris en charge en tant qu'UM.

Il est considéré comme un passager adulte. Il sortira de l'avion comme tous les passagers et n'aura pas à attendre l'hôtesse avec tous les enfants à pochette UM. D'ailleurs il n'aura pas de pochette UM.

Pour le rassurer, car il sera seul comme un grand, dès que vous l'aurez laissé à l'enregistrement de son billet d'avion l'hôtesse qui m'a vendu le billet m'a conseillé de demander que le personnel d'embarquement soit informé de « bien vouloir avoir un regard bienveillant » (geste commercial Air France non contractuel) afin qu'il ne se perde pas dans l'aéroport et trouve bien la porte d'embarquement pour Paris.

Peut-être pourrez-vous le lui écrire sur un papier.

Je m'inquiète un peu, car c'est la 1re fois qu'il va prendre l'avion seul !!…

Ne vous moquez pas de maman poule !

Tendresses à tous !

PS : Appelez-moi un soir pour me dire que le billet est bien arrivé. Merci.

2019

J'avais classé toutes les lettres de ma cousine et celles de ma mère dans des dossiers, pour les retrouver plus facilement. Après avoir terminé ce livre, j'ai eu envie de les remettre là où je les avais prises. Dans ma boîte à courrier en métal, pour pouvoir refermer ce chapitre, ne le rouvrir que quand je serais vieux, prendre enfin le temps de vivre ma vie d'aujourd'hui.

C'est là que quelque chose est tombé d'une des lettres, une carte que j'avais oubliée.

C'était un petit ours, en papier marron. Un petit ours avec un nœud papillon, un chapeau. Un petit ours qui souriait. Sur son ventre, il y avait un gâteau d'anniversaire et il était écrit « Happy Birthday ». Il y avait une date : 1992, l'année de mes six ans.

J'ai ouvert le petit ours. À l'intérieur, il y avait un mot. J'ai reconnu l'écriture sinueuse de mon père.

Joyeux anniversaire grand garçon
N'oublie pas ton père
Je t'embrasse très fort
Ton papa.

Une dernière fois, le petit garçon est revenu. C'était dans un Airbus qui m'emmenait de Paris à Toulon. J'étais invité au Salon du livre de Hyères, en tant qu'écrivain. Ce vol que j'avais tant pris en juillet pour venir passer l'été, seul, je le reprenais à présent, à trente-trois ans, pour venir parler de mes livres.

Quand l'appareil a amorcé son grand virage habituel pour se positionner face à la piste, quand à ma droite je ne voyais plus que la mer et que l'avion s'est totalement penché, je me suis revu enfant. Tout à coup, un vertige oublié est réapparu : ma peur panique des airs. Mes vomissements de gamin dès lors que je sentais l'odeur de l'habitacle de l'Airbus ou que les moteurs démarraient ; mes hurlements à la moindre turbulence.

L'avion s'est retrouvé face à la piste. Soudain il a commencé à bouger, de haut en bas, puis de gauche à droite. Ma main s'est serrée sur l'accoudoir (mon siège se situait devant les issues de secours). J'ai senti mon ventre se retourner, l'avion remuait comme une feuille. Les larmes sont venues. Mon voisin m'a regardé, j'ai détourné la tête.

Nous nous sommes posés d'un coup sec. J'ai lâché ma poignée d'accoudoir, qui était trempée, j'ai fait semblant de sourire. J'avais honte de moi.

Sur le tarmac, j'ai sorti mon téléphone pour faire une photo des palmiers. Comme tout le monde. Puis je me suis souvenu de ma mère qui me disait d'ouvrir les narines en descendant car ça sentait « la mer ». Mais là ça ne sentait plus rien. Le vent soufflait fort.

J'ai suivi la route qui me menait à Saint-Tropez, cette route si souvent prise, d'abord en longeant la mer puis dans ce que nous appelions « la montagne infernale », des lacets de route d'une sinuosité extrême, où l'on passait à quelques millimètres des camions. Après la montagne, j'ai ouvert les fenêtres, comme avec ma cousine ; enfant, j'imaginais le bruit des premières vagues qui viendraient effleurer la plante de mes pieds, l'entrée du corps dans l'eau et la délivrance, quelques secondes, avant que l'angoisse ne revienne avec la caresse du soleil sur mon torse mouillé.

Saint-Tropez approchait, il y avait les vignes et les pins, l'odeur incomparable, indescriptible. Que c'était beau et que c'était triste, pourquoi toujours cette boule au ventre ? J'y avais passé presque chaque été de mon enfance, seul, je veux dire *sans eux*. Mon père bien sûr n'était jamais venu ; maman travaillait. Dans l'avion, il y avait les familles et il y avait moi. Saint-Tropez était aussi une terre d'absence.

J'ai marché dans les rues de Ramatuelle et les images déambulaient dans ma tête. Des enfants couraient entre les ruelles biscornues, jouaient devant les maisons jaunes. Ils revenaient de la plage, le corps salé, la peau rouge. Au crépuscule, les chiens faisaient leur tour du soir. Le village résonnait des rires des dîners d'été, des bouteilles de rosé.

À Saint-Tropez, j'ai repris notre chemin qui menait de la place de l'Ormeau aux Graniers, par les côtes, sur les rochers, face à la mer battante et aux maisons de pêcheurs bleues, rien n'avait changé ; sauf moi.

Plus tard, j'ai pénétré dans le royaume de grand-mère, que je revoyais pour la première fois depuis l'incendie qui, deux ans auparavant, avait tout ravagé. Désormais la mer s'affichait partout, dominante ; il n'y avait presque plus aucun arbre, ou bien que des troncs calcinés et quelques maigres pins encore debout.

Et grand-mère, vaillante, encore, toujours. D'en haut du chemin on la voyait avec ses animaux, de la plage aussi. Elle n'était plus cachée.

Nous avons beaucoup parlé, comme avant. Elle renaissait de ses cendres mais il n'y avait plus rien de son passé ici, je veux dire plus aucun de ses bibelots, de ses livres, de ses meubles, de son univers. Tout avait disparu dans le feu, ne restait plus qu'un bout de sa roulotte et sa vierge à l'intérieur, celle qui l'avait protégée. Elle avait reconstruit une cuisine extérieure, une douche, comme elle avait pu. Elle faisait à manger debout, face à moi assis à la table, au milieu de la nature. Bœuf, Coca, pommes de terre. Ne rien faire surtout, la laisser.

Au déjeuner j'ai craint les guêpes, comme avant, je me suis levé, j'ai couru. Grand-mère a dit qu'elles ne me feraient rien. Mais c'était plus fort que moi.

Elle était trop fatiguée pour m'accompagner à la plage. Elle s'est allongée. Un vent de Sioux soufflait. Je m'y suis retrouvé seul. Le soleil était puissant, la mer déchaînée. J'ai fait des photos. J'essayais de capturer quelque chose sur quoi je ne pouvais mettre de mots. Je me suis assis sur un tronc d'arbre, les pieds dans le sable. J'ai pensé à la solitude de grand-mère, à ma propre solitude. Je me suis dit : à quoi bon ce paradis s'il n'y résonne plus que le silence ?

J'ai pensé que nous devrions organiser de nouvelles vacances ici, avec Jane. Je nous ai imaginés dans la garrigue, arpentant encore toutes ces terres qui avaient abrité nos jeux. Puis je me suis dit que ce serait bizarre, que l'on n'y arriverait pas, car rien de ce qui a existé ne peut exister à nouveau et que là réside la cruauté du réel. Notre regard d'adulte sur les territoires de l'enfance les abîme, les enrhume ; la nostalgie n'est qu'une chimère qui nous empêche de vivre. Nous écrivons pour ne pas être emportés avec elle.

Quand j'ai remonté le chemin, grand-mère m'a encore salué et crié au revoir, de loin. Parmi les derniers mots qu'elle m'avait dits il y avait la mort et qu'elle ne voulait pas être enterrée mais brûlée puis que ses cendres soient éparpillées dans sa mer, sur sa plage.

Tout au long de l'après-midi que j'ai passé là-bas, j'ai eu cette sensation bizarre que c'était une dernière fois. Quand la voiture a cahoté entre les bosses du chemin pour sortir de la propriété, quand j'ai refermé la dernière grille rouillée de son domaine – celle sur laquelle nous nous balancions enfants avec ma cousine Jane –, descendant du 4×4 pour l'ouvrir, j'ai senti que quelque chose mourait en moi ; que désormais j'étais prêt à écrire d'autres pages, à créer mes sons, mes souvenirs, à accueillir un enfant, à l'élever avec celle que j'aime, à inventer nos propres silences et nos mots miraculeux face à une autre mer, et qu'ainsi s'écrirait notre vie.

Épilogue

Au mois d'août, quand ma femme m'a annoncé qu'elle était enceinte, c'est mon père que j'ai appelé en premier. Je me suis caché derrière des questions médicales pour ne pas parler d'émotions, pour ne pas lui dire à quel point j'étais heureux de le lui annoncer. D'être le premier à lui donner un petit-enfant. Il m'a répondu en médecin d'une voix de plâtre. Interdictions alimentaires, essayer d'arrêter la cigarette, plus une goutte d'alcool… Factuel, clinique. Nous n'allions pas non plus nous mettre à pleurer et à nous dire « je t'aime » ; il faut du temps pour que deux grands brûlés cessent d'avoir peur du feu.

Mais dans les jours qui ont suivi, mon père a appelé son meilleur collègue accoucheur et nous a obtenu un rendez-vous pour la semaine suivante.

Mon père m'a détaillé les étapes de la grossesse. L'argent ne serait pas un problème, il s'en occuperait. Et donc, l'accouchement aurait lieu dans sa clinique, notre clinique.

Là-bas, un jour de janvier, nous avons vu notre obstétricien et il nous a annoncé que c'était une fille. Une bonne sœur qui me connaissait nous a dit en passant : « Ah, il va être content papi. »

De retour à la maison, j'ai sorti mon téléphone. Mon père avait appelé pour nous féliciter et nous dire qu'il était à la clinique car il était de garde, mais nous avions sans doute déjà dû partir. Il aurait aimé nous voir. Je l'ai rappelé ; j'ai senti son émotion cette fois, sa voix noueuse, sa pudeur.

Une fille…

Il a demandé si j'avais besoin de quelque chose ; j'ai rêvé à ma main de petit garçon dans sa main chaude, mon père se retenant, délicat, pour ne pas écraser mes minuscules doigts ; à lui et moi marchant côte à côte comme le font les pères avec leur enfant. J'ai pensé une ultime fois à ce deuil impossible, au passé, mais je n'ai plus rien dit.

Un instant, j'ai imaginé l'accouchement quelques mois plus tard, dans cette même clinique, moi, appelant la famille et mon père pour annoncer la bonne nouvelle… Moi tenant la menotte de ma fille ; main qui protège, tient, fait advenir au monde ; main que personne n'invente ou ne remplace. Et là j'ai contemplé mes trente-trois ans, ce roman, et j'ai été pris d'un vertige. Le réel comme une vague qui recouvrait la fiction.

Cet ouvrage a été composé
par Maury à Malesherbes
et achevé d'imprimer en France
par CPI BRODARD & TAUPIN (72200 La Flèche)
pour le compte des Éditions Stock
21, rue du Montparnasse, 75006 Paris
en janvier 2021

Stock s'engage pour l'environnement en réduisant l'empreinte carbone de ses livres. Celle de cet exemplaire est de :
650 g éq. CO_2
Rendez-vous sur www.editions-stock-durable.fr

PAPIER À BASE DE FIBRES CERTIFIÉES

Imprimé en France

Dépôt légal : février 2021
N° d'édition : 01 - N° d'impression : 3042115
83-05-0251/7